JN113667

装画　石橋暢之

はぐれ螢

野瀬光二

明眸社

はぐれ螢

3歳ぐらいの頃

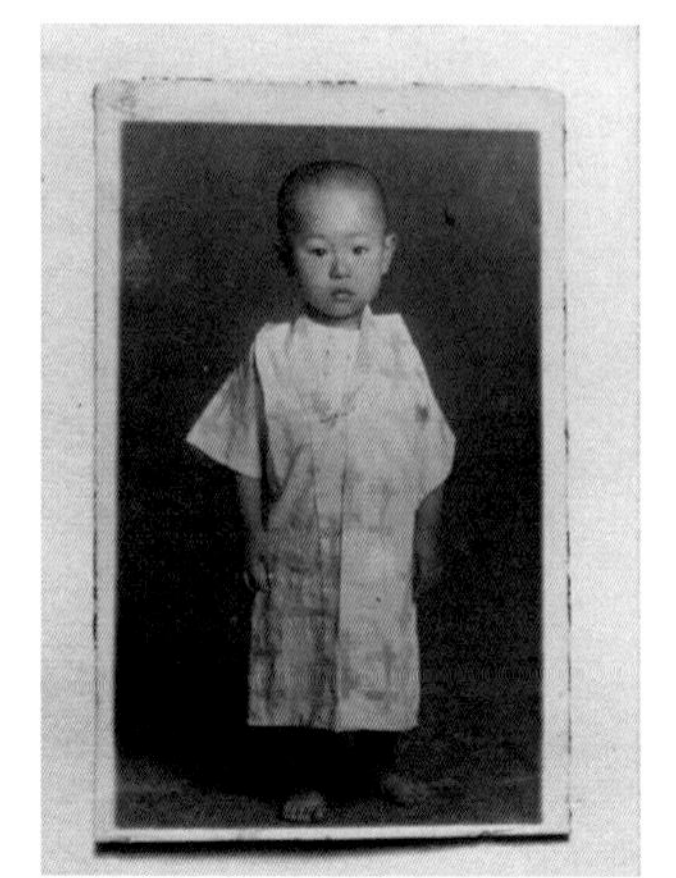

2歳の頃

母方山田家の親族　後列左からいと、かのへ、万吉、婦美（母）、三代
前列左から伯父一男、叔父与平、光二、祖母りと、静代

生母　婦美

父野瀬里士 29 歳、光二 3 歳　従姉ミサ子 5 歳

父方（野瀬）の親族　後列左から　父里士、 祖父松次郎、 叔父鉄三、
前列左から　母婦美、 祖母さきえ、 光二（一歳）、伯母はるえ、、

「陶芸事始」の頃

柿伝　作陶室訪問

昭和５８年頃　柿伝ギャラリー展覧会

浪漫・鈴の会　中谷孝雄先生ご夫妻を囲んで
平成５年７月17日飯能市「やまなか」にて

榊の会　神田明神会館にて　平成６年１月９日

祭壇・ゲレオン神父による祝別をうける
昭和 63 年

家庭の祭壇　名栗村水光庵

姪の子を抱いて　良い笑顔！

竹寺散策中　中谷先生と憲子
野瀬写す

書斎の窓から見るネムの花　俳句に詠む

水光庵（右端の家）遠景

2007年1月11日花小金井マンション回廊から見える富士山　早朝　手前の山々は秩父連峰

天主窯のまわりは原っぱ
捩花「左巻もある無頓着」

2010年1月4日花小金井の自宅祭壇　十字架は野瀬の作品

中谷孝雄先生ご来場

伊藤桂一氏ご来場

平成元年八月第 13 回展示会

平成 2 年八月第 14 回展示会　柿陶会　作陶展

黄瀬戸釉薬　土瓶蒸し用

水滴　信楽（ワラ灰釉）

縄文土器　シャ光土偶（レプリカ）

信楽手桶（ワラ灰釉）

織部の向付　〝富士〟

柿伝ギャラリー準備万端

作陶中

三彩釉・盃

信楽　　盃　徳利セット

目次

第一章

第二章

第三章

第四章

はぐれ螢

第一章

山房周辺

路地ふさぐ青き薄(すすき)をざくと刈る

肩寄せて羅漢密語す梅雨(つゆ)晴れ間

紫陽花に傘さしかけて佳女風情

夕化粧して色増せり額の花

捩花(ねぢばな)や螺旋に天を目指しける

捩花や左巻きもある無頓着(むとんじゃく)

野に薄日黄蝶二匹のデュエット

無垢(むく)なれば姫沙羅の花散りやすく

天牛（かみきり）の身も世もあらで嘆く声
長むしもともに棲み居て家古りぬ
気鬱なり栗花に雨しとどにて

荒地あり茂みに赤き楮(こうぞ)の実

初物のなすび形がとのはず

初物のなすび仇(あだ)には食されず

はぐれ螢への字に河を越え行けり

新住民増えて螢は遠のきぬ

合歓（ねむ）の宵妖しき花芯伸びいづる

杣の里

天上は黄金（くがね）の色や赤とんぼ

地酒（さけ）一献月の出おそき杣（そま）の里

月白を背にし山杉爪立てり

栗おこは山疵皿に盛りて出す

野狸と目が合ひにけり寒月夜

この先は秩父名栗もしぐれけり

秋海棠陶土(つち)練る小屋の腰にまで

攻め焚きの窯つ火色や夜半の秋

陽を惜しみ高みをあきつ行きつ来つ

川辺昏れ杭に西向く蜻蛉（とんぼ）かな

厨水（くりやみづ）あびて溝蕎麦育ちけり

杉の春

寄り合ひて鳩のこごめる余寒かな

辻地蔵いぬのふぐりにかこまれて

接骨木（にはとこ）や目立たぬ花の芽立ちかな

卒塔婆にはこべらの土掘られけり

おほいぬのふぐりはぬくし日溜りに

囀りや起きねばならぬ寝（いね）心地

黄華鬘や小用の場所を探すひと

岩つばめ空や狭しと一頻

おぼろ夜の狸番（つがひ）で出（いで）にけり

楓花いかなる神のからくりぞ

杉の春大気に精を放ちけり

杉花粉飛ぶ日隣家のくさめかな

打粉持ち鈴振りにけり杉の春

昆虫記

蜘蛛の子に風たゆたふや糸のさき

小百合や断崖深き無言(しじま)かな

行き交ひて会釈もせはし蟻の列

てんと虫弾（はじ）けばひらく茶翅かな

萩わか葉削ぐ象虫の小さき眼

ががんぼの踏ん張る肢や窓に雨

あらぬかた向きてががんぼ交(つる)みをり

朝の梅雨切れて雲間の夕陽かな

枝ごとに蓑付けたるや栗の花

花ねむの芯みだれそむ彼(か)はたれに

天高く

いわし雲山背の杉の天突く天

天高くぶた草ばかりすくすくと

鳶ぴよろ栗毬(くりいが)青き樹の空に

天辺(てっぺん)に五三の朔果(さくか)ひと葉落つ

木の葉舞ふかとも目白の枝移り

石斑魚つる針に鰍のうらみ貌

ちんころ抄

雪ぼたる目で追ひゐしが消えにけり

短日や下弦の月に雨戸繰る

ゑのころは伊那のちんころ斑雪

ちんころげ春ぞなもし伊那をとめ

天竜に穂毛立つちんころ柳かな

無為に過ぐ日や悔恨の蕗の薹

猫柳(ちんころ)の花しろがねや駒ヶ根も

ちんころの花穂温(ぬく)ときよぢれかな

初午や鄙に御座（ござ）すも正一位

ちんころの苞寒暖の測り尺

茶筆筒の上の眼鏡や茂吉の忌

日当りが好き犬ふぐり空の色

垣のうち

かな蛇の斜に構へたる背筋かな

軒に垂れ野放図がよし忍冬（すひかづら）

谷うつぎ襲色（かさねいろ）ばな葉隠れに

十薬やなかば朽ちたる垣のうち

桑の実や生国ちがふ妻、夫

赤のまんま

赤のまんま手掌（てしやう）に盛りし遠き過去

つまみ取る花や茗荷の露湿り

おくんちや鉄鍋で焼く輪切茄子
ぷつつんとふつつ切れし音牛蒡引く
地のうちの生命(いのち)のあかし彼岸花

庭に来て木賊（とくさ）折りけりつがひ鳩

厨口出づれば河原たでの花

冬木空

ぐい呑を選び夫婦(めをと)の年の酒

弾き初めの琴柱(ことぢ)に障子明りかな

初売や客へ五円の御福銭

去年今年過越す瞬間の聖歌かな

元日や晴着も混じるミサの席

初晴れや色硝子絵の聖母像

冬木空鼈甲いろに暮れにけり

真ひがしに森を出でけり真冬月

轆轤辺（ろくろべ）の小桶伏せあり寒に入る

花筏

一村をたなびく霞隠しけり

はや楤(たら)の二番芽伸びて五月かな

葉桜や優しくなりし山の色

行き着けば札所ありけり花筏（いかだ）

滝つぼを出て池までの花筏

春昼やぴくりともせぬ池の浮子(うき)

軒に貼る火伏せの護符や初燕

筍めし折しも旬(しゅん)や句碑の寺

「たんと付けお泣き候へ」添山葵

奥武蔵竹寺の住職宣ひける

山村秋色

名月を居待ち寝待ちの山家かな

夜ばひ星天馬の胴を貫きて果つ

おごる日や調理思案の小松茸

妻と酌む地酒三合炒りむかご

爽やかやや鳶舞ふ空の晴れて来し

昼の月

水温みをり散髪を妻に請ふ

いつも目を細めて優し色紙雛（しきしびな）

和菓子屋に餅のいろいろ雛の頃

風見鶏辰巳を向けり梅薫る

雨三日杉は花粉を蓄めてをり

柳絮とぶ名栗は橋の多き村

花辛夷ぐうちよきぱあと開き初む

山の宿桜に巣箱掛けてあり

まんさくの花のをはりへ昼の月

夏薊

鬼ぐるみ空へ雌花は紅を吹き

薔薇買へり聖霊祭（ペンテコステ）の弥撒の帰路

陶房は草深きかな道をしへ

老鶯や名栗まんぢゅう皮厚し

汗のシャツ皮剝ぐ如く脱ぎにけり

夏あざみ子連れの雉は剛く見ゆ

うちは手に蜘蛛の仕事を見て居たり

凌霄花(のうぜんかづら)村の駐在嫁娶る

春の雪

大寒や籠らぬための万歩計

着膨れて米少し研ぐ妻の留守

寺の背の竹撓(しな)はせて春の雪

鶯や墓地裏山にけもの径

如露水菜畑にやる春旱(ひでり)

泥佛雛なき部屋に飾りけり

泥佛は清水公照師作の金剛童子

なめこ蕎麦ダム湖に村のめし処

小袋に木犀の花閨(ねや)へ吊る

逢魔が時

春一番吹かれて鳶高く舞ひ

沿線に大根の花雨けぶる

山茱萸（やまぐみ）や雨の箱根に宗二の碑

一人静一期一会の旅昏るる

下闇のそこに寂光ほうちゃく草

旧道にはしか神の碑灸花（やいとばな）

青ほゝづき見知りの子たち来て踞（かが）む

妖怪の目またたかず布袋草

竹煮草揺らし日照雨(そばへ)の通り過ぐ

合歓咲けり溪(たに)は逢魔が時に入る

冬銀河

窯を焚く千度の火照り冬銀河

鰐口の綱の手ずれや雪ぼたる

窯冷ます休み陶房鶲(ひたき)来る

年のくれ浅草に見るおかめ絵展
さしえ画家今村恒美さんの遺作原画展へ寄せて

揚饅頭買ふ仲見世のしぐれけり

花八ツ手日当りに研ぐ長柄鎌

雪ばんば目で追ひゐしに失せにける

初日記快晴なりとまづ記す

餌台に来慣れし雀初日さす

間引菜を加へ七日の朝のかゆ

別れ霜

地蔵寺にご和讃の声別れ霜

葺き替へて鳥の声降る御師の家

草の戸や小綬鶏（こじゅけい）すがた見せず鳴く

蝶の来る草に散りけり薮（やぶ）手毬

岩つばめ橋くぐり飛ぶ騒がしく

山の手や坂の並木は百日紅（さるすべり）

曇りのち雨白牡丹くづれそむ

池面より首出す亀や若楓

里山に彩を加へり竹の秋

草の葉に草より青し青がへる

夏から秋へ

むかご採り村は三時に日が落ちる

花野ゆく近くに見えて山遠し

赤い羽根みくじ処の巫女肥ゆる

花合歓やをとことのぼる女坂

蟬落ちて蟻の弔ひ始まりぬ

搦手をくだれば畷ゐのこづち

採血のあとの青痣秋暑し

露けしや朝のテラスの丸太椅子

書を曝すなかに風流滑稽譚（こんとどらてぃく）

書架の塵

留守がちにして大年の蛙書架の塵

賀状くる春夫の祝(ほ)ぎの詩添へて

羽子板の売れ残りたる姫、小町

羽子板の勘平小手を振りかざし

カルメラを焼く露店あり初薬師

お多福の衣紋ぬく科初神楽

エプロンの白さや妻の松の裡

松過ぎの袂に残るもぎり符

鳥総松一夜の雪に埋もれけり

なやらひに鳩ひそみ居る浅草寺

凍(いて)返(かへ)る釉の馬穴の被せ布

春寒し鞴(ふいご)で熾す野鍛冶の火

土建屋の野積の石や下萌ゆる

行き交ひて手を振る小舟猫柳

更衣

春の服着てそこまでの日和下駄

葉桜の下に店出す曲物屋

長命寺樫の洞木に蜂宿る

塹壕を掘りし猿島卯浪寄す

よく透る野鵐（のこじ）の声や更衣（ころもがへ）

立葵木地師と並ぶ塗師の家

色いろいろ陽を恋ふ花や立葵

花サビタ索道のこと子ら知らず

桐の花雨を含みて落ちにけり

根曲がりの筍神父焼きて食ぶ

書芸展読めぬ字数多(あまた)見て暑し

戦中派氷あづきを好みけり

毛越寺出ての路傍の文字摺草

梅雨寒し逢ふ仲間（とも）誰れも髪白く

帰り花

百人町簡易旅館の蔦芽吹く

豆の花米の研ぎ汁畑に撒く

窯出しの陶のぬくもり帰り花

木守り柿伊那の市田は母の里

綿虫や捨て田の脇に道祖神

庭を掃く落葉の色を寄せ集め

枯れ葉降る落葉松(からまつ)林(ばやし)秘湯まで

葉漬け出て茶となる郷(さと)の掘炬燵

夏きざす

ワニスの香カヌー工房夏きざす

対岸の花見て戻る吾妻橋

里山に猿出るうはさ文字摺草

ピチといふ音蝸牛（ででむし）を踏みし悔い

独活（うど）の花終日（いちにち）ひとを見ぬ日かな

覇者いまは隠者のごとし羽抜軍鶏

越生(おごせ)にて

道灌の地なれや秋の忘れ花

銀やんま来て障子打つ禅の寺

毘沙門の護符受く寺の照葉かな

古寺巡り葉付き生姜を家苞(いへづと)に

棗の実鼓笛のマーチ聞こえ来る

凍(いて)ゆるむ

お降(さがり)や鶴折る居間の姉いもと

松過ぎの袂にのこるもぎり符

レグルスは春天の星氷燈夜

孫の丈親を抜きしと初便り

川べりに鹿の脚あと凍ゆるむ

聖マリア朝の祷りに雉子鳴く

殉教の丘のレリーフ春浅し

新任の神父眉濃し染め卵

春服の童女スキップして過ぎる

石垣に石の隙あり歯朶芽吹く

秋思（比企郡都幾川村慈光寺にて）

山寺の板碑見にゆく九月かな

草の穂や岐れて狭き女人道

降りだして秋思深まる千手佛

身に入むや皆座して聴く老師の偈(げ)

法(のり)の山下り来て里のとろろ汁

寒の水

寒雀あそぶ佃(つくだ)の舫(もや)ひ舟

路地奥に睦月(むつき)の地蔵堂点す

住吉の水盤舎に汲む寒の水

寒木瓜や疑ひつ見る写楽の碑

鰹塚その文字太し冬萌ゆる

走り梅雨

糠(ぬか)床に塩少し足す走り梅雨

バス待つや蟹這出づる日照雨(そばえ)あと

解禁は狼火が合図鮎の川

河鹿笛稽古三味線止みし間を

すひかづら絡む離れの鎖樋

ひと夜さのほむら妖しも合歓の花

おはぐろや吾が守護霊はきつと祖母

おはぐろは川とんぼの一種

山に住み

山住みの三日つづきの零余子飯

妻にまだ南部の訛り菊膾（なます）

穴惑ひ見しこと妻に言はでおく

竹寺へ近道険し櫨(はぜ)紅葉

遺言状書く気まだなし寒卵

聖夜ミサ若き司祭の声透る

煤逃げの父が買ひ来し多羅波蟹

どんと焼き仕切る火消の組頭

ロザリオを唱へて妻の鏡割

欅より鳩の群れたつ初御空

夏に入る

春昼や外(と)に立ち山へ大欠伸(あくび)

お隣に婚の荷とどく春の昼

夏に入る月山いちげ紫に

小綬鶏に呼ばれて覚めし朝の夢

赤松の樹皮を綾なし蔦生げる

即身佛鎮まる深山（みやま）松蘿（さるおがせ）

湯田川の湯に入り山女釣りもして

だだちゃ豆摘まみ肝胆相照らす

ポプラ道日傘のひととと擦れちがふ

出羽めぐる男の雑魚寝の明易し

日盛りの吾が陰縮みゐたりける

郭公の声せせらぎを渡り来し

白玉なぞ我はしらざり戦中派

麦茶飲み亡き友輩を偲ぶかな

慈母観音み胸まろやか豊の秋

佛足石の端濡れてをり鵙高音

札所五寺巡りて釣瓶落しかな

八ヶ岳裾野の空を春の雲

暮れなづむ赤石連峰日脚伸ぶ

久々に聞く伊那訛り彼岸寺

斑雪山の稜線のみ黒く

拾遺集　八八歳のメモより

春女菀頬紅の色卓飾る

起きて寝て食べてまた寝る暑さかな

パン食べてそば買ひに行く五月かな

曇れども風なき今日の暑さかな

第二章

たらなあ談義　文化講演会講演録

一九八七（昭和六十二）年十一月二十四日　主催　埼玉県名栗村教育委員会

わたくし、ただいまご紹介にあずかりました、野瀬でございます。

きょうは、文化講演会ということになっておりますが、だいたい、こういうものの講師というのは、大学の先生であるとか、宗教家、評論家であるとか、あるいは、作家にいたしましても、著書をたくさん出している、知名度の高い先生方がなさるのが、一般のようでございます。ところが、本日は、わたくしのような、有名人でも何でもない、まあ、ちょっと風変わりな男がまかり出まして、おしゃべりをいたす羽目に相成りました。

これというのも、なまじ文筆家業に携わっておりますばかりに、どこか風体が違う。『どんな男か知らないけれど、近ごろ、下名栗の方に引っ越してきた者だって言うから、ま、同村のよしみで、話を聞いといてやるべい』ってんで、好奇心で、お集まり下さった方が、大半ではなかろうかと思うのです。

で、私と致しましては、きょうは先ず、皆さんと少しでもお近付きになりたい。お知り合いになれたらなぁと思いまして、恥も外聞もなく、はじめに、私自身のことをお話し申し上げますが、私は、長野県飯田の生まれで、当年六十一才、寅年でございます。

主な職業は富田常雄、牧野吉晴という、二人の物故作家の、著作権管理でありますが、そのことについては、時間がありましたら、あとで触れます。

私の父親は、伊那銀行という、ちっぽけな地方銀行の、支店に勤めておりましたが、私が十三才のときに、三十八の若さで亡くなりました。私が県立の旧制中学、飯田商業学校に入学して間もなくのことです。

私はひとりっ子でしたので、わりと可愛がられて育ちましたが、父に対して、あまり良い印象を持っておりません。終わり良ければ総て善しと言いますけれど、その反対で、父の終わりは、良くなかったのです。

母は私を生んでから、ずっと病弱で、療養所ぐらしか、家におりましても、じっとしていることが多く、一緒に行楽に行った記憶が一度もないのですが、父は心の優しい人で、そんな母の看護を、暇なしにやっていました。

脊髄カリエスがひどくなって、立てなくなってからは、トイレにおぶって連れて行っていましたし、おそらく、行水なんか

母の実家 手前右の矢印の建物が蚕室奥が倉庫

も、してやっていたんでしょうね。ま、子供の眼に、そういう生臭い姿は、いっさい見せませんでしたし、大人の生活は、私の伺い知るところでもありませんが、とにかく、感動的な父親でした。

ところが、私が十二才の七月、母の容体が、とうとう悪くなって亡くなりますと、父の性格は、がらりと豹変してしまいました。あれほど優しかった父が、怒りっぽくなり、酒は飲む、仕事は怠けるで、人の意見なんか聞き入れません。

私がいちばん嫌だったことは、夜中に、酒買いに遣らされたことです。一升ビンで頼むのなら酒屋さんが届けてくれるでしょうが、小口ですから電話で注文するわけにいかないのです。その頃、私達は、祖母と三人で、銀行の離れを借りて住んでいました。「すまないねえ」っておばあちゃんに言われて、二合ビンを胸の前に抱え、銀行の裏木戸を出て、大通りを六百メートルほど、酒屋まで走って行くのです。八時、九時頃になると、田舎町のことですからもう人通りも余りありません。商店はほとんど店を閉めております。酒屋さんだって同じです。大戸が締まっておりますから、潜り戸を開けてもらって、中にはいって行きますと、そこは造り酒屋で大きな樽が何本も並んでいます。父は『菊水正宗』という地酒が好きでしたから、それをビンに詰めてもらうのですが、樽から枡にお酒を移して、注ぎ口を閉めるときに、ギュッという木の栓の音がする。あの音を聞くと、私は、いまでも、胸の締めつけられるような思いがしてなりません。

叱られて、あの子は町へお使いに、コンと、狐がなきゃせぬか……という童謡がありますが、二合ビンを抱えて酒を買いに行った体験は、私にとって、たまらなく切ない思い出なのです。父の酒は悲しい酒でした。お酒は楽しく呑まなければ体に良いはずがありません。母が死んでから一年足らずで、父もあとを追うようにして逝ってしまったのですが、考えてみますと、あれは明らかに自殺行為でした。

とにかく、お酒を呑みながら、お菓子を一斤ぐらい食べるんです。一斤といってもお解りにならないでしょうが、今の目方で約六百グラム、紙袋一杯の分量です。それを膝の上において、まるで、兎が草をはむように、無言でムシャムシャやりながら、合間に酒を流し込む。眼だって兎のように真っ赤です。祖母が見かねて「里士や、もういい加減におし」なんて言おうものなら、「うるせい、このくそ婆あ、止めりゃいいんだろう」って言って、まだ酒の入っているビンをバシーンと土間に叩き付けたりする。

こっちが辛い思いをして買ってきた酒ですから、子供心にも腹が立って「ばかばか、おとうちゃんのばか」ってんで、泣きながらしがみついて行きますと、一瞬ひるみますが、余計に怒りをつのらせて、思い切り私を突き飛ばします。

私は、世の中には、何で酒なんて言う気違いになる水があるのだろう、酒飲みの父親なんて、死んでしまったほうがいい……、本気でそう思いましたね。

でも、あれから半世紀近くがたって、私が、父親のそのまた父親くらいの年齢になってみますと、母をなくしたあのときの、父の気持が、よく解るのです。それは、悲しいとか、寂しいとかいう、自己中心の、煩悩の苦しみだけではなくて、すでにして己れの死期を悟っていたらしい父親の、子に対する責任が果たせないという、心の呵責ではなかったかと思えてくるのです。父の死は胃潰瘍ということでしたけれど、癌であったかもしれません。

そして、あの修羅とも思える父の行為は、あれは子育ての終わった哺乳動物が、或る日、突然子たちを追い払って寄せつけなくするような、一種の親離れの儀式ではなかったかとさえ考えられるようになったのですが、父が死んだときには、勿論、そんな殊勝なことは考えません。さんざん祖母や自分を困らせたけれど、とうとう、お陀仏になっちまった……くらいなもので、さあ、これからお婆ちゃんを抱えて、どう生きていこうかと、却って、自立心みたいなものが、旺盛に涌きあがってきましたね。

いまの中学一年生くらいの子供だったら、どうしたでしょうね。まあ、村みたいなところですと、親類縁者が比較的近くにいるでしょうし、社会保障制度が整ってきて、現在は何処ででも、民生委員の相談に乗ってもらえるようになりましたが、昭和十四年頃、そういうものがありましたかどうか。

私のところは、父が長男で、弟が一人おりましたが、その叔父は東京でまだ独立したばかりで、すぐには頼っていけそうにありません。困ったことは、住居が銀行の社宅ですから、いずれ、そこを出なければなりません。私は、髭達磨という仇名のある支店長さんに断じ込んで、しばらく父のかわりに、銀行で使って戴けないかってお願いしたのです。ＯＫが出ました。おおっぴらではないのですが、月給十二円五十銭、可愛い坊主頭の給仕さんです。

お茶を入れたり、書類を、自転車で他の支店に届けたり、結構忙しい仕事でした。「祖母を抱えてけなげな少年」だなんていう見出しで、信濃毎日新聞に写真入りで出されたこともありましたが、でも、働いていると学校へ行くことができません。特別学問が好きというわけではなかったのですが、商業学校だけは出ておきたいと思っていたものですから、その年の暮れ、東京の叔父から、夜学へだけは通わせてやるからという条件で、奉公口がかかると、一切合財、身の回りのものを片付けて、祖母とふたり、郷里をあとにしました。

現在は、中央高速道路を車できますと、飯田から新宿まで訳はありません。でもあの頃は、辰野で汽車に乗り換えて一日がかりの長い旅でした。飯田を、朝の一番電車に乗ります。冬ですから真っ暗です。霧がいっぱいに立ち込めていて、街路灯の明かりが、涙の眼で見るようににじんでいました。

新宿駅に着く頃はちょうど夕方のラッシュ時で、ホームに荷物を置いてたたずんでおりますと、慌ただしい人の波が、肩をぶっつけるようにして押し寄せ、遠のき、絶えず動いて行くなかで、じっとしているのは二人だけですから、声をかけてくださる人もありましたけれど「東京は怖いところだ、見知らぬ人に声を掛けられても、口をきいちゃいかんぞなもし」なんて、飯田をたつ前に、近所のおばさんに注意されてきましたから、唇をへの字に結んで、石のお地蔵さんみたいにして立っていましたね。

出迎えの叔父が、到着ホームを間違えて、別のところを探していたものですから、すれ違ってしまったのです。あんな心細い思いをしたことは、後にも先にも二度とありません。もう誰にも知った人には会えなくて、おばあちゃんとふたりで、乞食でもしなければならんのかなあ、なんて考えました。

叔父が私たちを見つけてくれたのは、ラッシュアワーがおさまって、ホームがすいてきたからです。一時間、いやもっともっと、長い時間だったようにも感じられます。プラットホームから見えていた三越デパートの屋上の、とんがり塔が、次第に夕陽のなかに沈んで行き、やがて、丸に越の赤いネオンの文字が、色を増していったのを、今でも、鮮明に覚えているのですが、寒風に晒されていた筈の、その時の肌寒さは、ぜんぜん記憶にないのです。ふしぎですね。

昭和十五年正月から、私の新しい生活が始まりました。叔父は、下谷の竹町というところで、金物問屋をいとなんでいましたが、番頭さん一人に小僧一人という、ごく小規模の商店で、丁稚は私が二人めです。

元日の朝、叔父と叔母とおばあちゃんの三人が揃っている、二階の部屋に呼ばれて上がって行きますと、

「まあお座り。言っておきますけれど、今日からお前は光どんですよ。」……祖母はその時は口をはさみませんでした。でも、のちのち、辛いとき、悲しい時に、陰でこっそり励ましてくれたのはおばあちゃんです。

叔父は若いころから大阪商人の許で見習をしてきた人ですから、ほかの奉公人の手前もあり、店の秩序を大事に考えていたのでしょうね。そのことについて、私は異存はありません。ここが私のどん底時代なのです。もうすぐ明るくなりますから、もうちょっとご勘弁ください。

いまは商店でも週休制のところが増えてきまして、店員さんも、ずいぶん楽になりましたけれども、私の丁稚のころは、盆暮の休みのほかは、第一と第三日曜日だけしか休日はございません。それも、休日だからといって朝から休めるわけではなく、午前中は自転車やリヤカーの掃除をして、洗濯をして、それからやっと自由が許される。

その頃の私の愉しみは、食うことよりも、寝ることよりも、映画でしたね。下谷竹町から浅草の六区までは、歩いても二十分くらいで行けましたけれど、浅草の封切館へ行くと、入場料が高いので、大概、近くの鳥越というところで我慢する。封切が終わってから二、三週遅れで

フィルムの回ってくる小さな映画館が、そこには三つありまして、新東京というのが松竹系で、大船調のメロドラマと、下加茂調の人情時代劇。ほかに、洋画の鳥越キネマと、鳥越日活というのがありましたが、私が専ら通いつめたのが鳥越日活です。

日活だからといって、その頃のは、ロマンポルノではありません。

日活には田坂具隆、内田吐夢なんていう、素晴らしい映画監督が居りましたし、片岡千恵蔵、阪東妻三郎、嵐寛寿郎、大河内伝次郎など、時代劇の、大スタァが顔を揃えていましたから、日活といえば娯楽映画のメッカでした。

千恵蔵の「宮本武蔵」、阪妻の「風雲将棋谷」、アラカンの「右門捕物帖」、伝次郎の「丹下左膳」などはみな、この鳥越日活で熱中した映画です。

ほかに、印象に残っている映画では、島耕二監督のもので、杉狂児と轟夕起子がやった『暢気眼鏡』というのがありましたね。これは、私小説作家、尾崎一雄の、芳兵衛ものといわれる短編を、いくつかアレンジして映画にまとめ上げたもので、芳兵衛というのは、芳枝という奥さんの愛称なんですが、この奥さんが、とてつもなく明るい。すこし年の離れた二度目の奥さんなんですが、育ちが良いというのか、天衣無縫というのか、貧乏を楽しんでいるかのふうがある。

主人公の作家が布団をかぶって寝ていると「ちょっとォ」って起こすから薄目をあけると、

鼻先に入れ歯の金冠のとれたのを突きつけて「これ、ちょっと壊れているし、あると痛いからとっちゃったの、どうする」って言うから、わざと取ったな、と思いながら「なぜ君はそんな馬鹿なことをするんだ。そんなことしたら、当分なおせる当てなんかないじゃないか」って叱ると、独り言のように「これ売りに行って、ドラ焼き買おう」って言うんですね。

そうかと思うと、近所の引越しをする人から、中古の練炭わかしの風呂桶を、「三円なら安いわ」てんで、買いとってきたのですけれど、棟割り長屋で庭はなし、置くところに困って、玄関の一坪のたたきに据えて、そこで風呂を沸かして入ることにするんですが、玄関は引き戸で、摺りガラスだものですから、表に透けて見えてしまう。大家には内緒だし、万一、入浴中に来客でもあったら大変、そこで、風呂に入るときには、夫婦が代わりがわりに、表へ出て見張り役に立ったりする。

「暢気眼」は尾崎一雄の芥川賞受賞作品なんですが、私には小説より映画のほうが面白かった。そして、将来、奥さんになる人を探すのだったら、あの芳兵衛さんみたいな、明るい大らかな女性がいいなぁ、なんて考えたものです。

私の、たらなぁ願望は、この時期から始まったのでしょうね。

私は商人になるつもりは、全然ありませんでした。日大付属の夜間商業学校へ通って、そのときはもう三年生くらいになっていたと思いますが、簿記、算盤が大嫌いで、幾何、代数なんていうのは、出来る奴のほうが不思議なくらい。理数系は駄目だと諦めて、文科系が得意だから、小説家になろうと決心しました。

決心というと大袈裟ですが、これも一種の、たらなぁ願望ですね。

ちょうどその頃、新日本文学全集というのが、改造社か、どこかから出ていまして、横光利一とか、梶井基次郎とか、高見順とか、そういうものを、片っぱしから読みあさった。なかでも一番熱中したのが、石坂洋次郎の『若い人』で、石坂さんは昭和十四年に上京して、当時既に作家生活に入っておられたのですが、私はまだ、青森在住かと思っていたものですから、あんなふうに、国語の教師でもやりながら、小説が書けたら良いなぁなんて後生楽なことを考えていましたが、困ったのは本代です。

あの頃、叔父のところのお給金が確か八円、住み込みですから、部屋代や食事代は要りませんが、風呂は銭湯ですから、これは自分持ち。それに学校の月謝が五円くらいじゃなかったかと思うんですが、いずれにしましても、新刊本はとても買えない。ですから、古本屋で見つけてきて、読み終わると、また古本屋へ売りにゆくのですが、売るときは二束三文ですから、毎月の書籍代が、ばかにならない。そこで、また私の、たらなぁ願望が始まります。

どこかの古本屋さんに年ごろの娘がいて、古本屋の婿になれたら、いいなぁ、ロハでいっぱい本が読めるんだがなぁ。……なにも古本屋じゃなくたっていいんです。新刊本屋なら尚いいのに、古本屋って考えるところが、いじましいじゃありませんか。

落語の『湯屋番』の若旦那じゃないけれど、ぼんやり、そんなことを考えているうちに、半分その気になったりして、年ごろの娘さんの居そうな古本屋を探して歩く。だいたい、娘さんの居そうな店か、そうでないかは勘で分かるんです。

もう年を取っては駄目ですが、若いうちは、そういうことには敏感ですから、そっと、本を立ち読みするふうを装いながら、横目で、ちらっちらっと、店の奥の方を窺ったりしておりますと、あの野郎、目付きがおかしいから、万引きでもやらかすんじゃないかってんで、ハタキをぱたぱた掛けられたりして……というのは、これは創作、冗談ですが。

とにかく、小説ばかり読んでいるから、学校の成績が良くなるわけがない。でも、小説を読むということは、人生勉強になる。自分では到底、実体験できない人生を、疑似体験することでもあるのですね。

例えば、北条民雄という作家をご存知でしょうか。彼は四国の生まれで、昭和十四年だかにライ（ママ）病で亡くなった作家なんですが、隔離病棟の中で、『いのちの初夜』という新潮文学賞を受けた、素晴らしい小説を書いている。それは、顔が醜くならないうちに、首を括ってでも早く死にたいと思う絶望的な欲求と、せめて、今日一日だけは生きていたいと思う、飽くなき生への執着を、克明に描いた作品なんですが、そういうものを読むとその作品のなかの主人公と苦悩を共にし、その悲愴な人生を一緒になって体験することができますね。

私は、学業は疎かになったけれど、あの時期に、本がたくさん読めたことは、幸せだったと思うのです。本は若い時期に読むべきです。近頃は漫画ばやりで、川端康成の『伊豆の踊り子』も、夏目漱石の『坊っちゃん』も、伊藤左千夫の『野菊の墓』も、みんな、コミック文庫に入っておりますが、あんなもので名作を読んだ気になられたのでは、はなはだ困る。

私は今、年に二回、ある大手出版社の、小説新人賞の選考を頼まれてやっておりますが、今の若い人は、殆どと言っていいくらい、文章が書けない。まあ、心理描写はできるのですけれど、情景描写が苦手なんですね。だから、一人称の、告白体というか、モノローグ風のものだったら、それは、なんとか纏められるのですが、三人称の小説、所謂、客観的多面描写のドラマティックなものになってくると、もう、主人公と、脇の人物との対比というか、遠近感がまるで書けなくなってしまって、作者の視点というか、作品の焦点がぼやけてしまう。

小説を書くというのは、人生を書くことなんですね。人間の生活、人間間の感情。突き詰めれば、人間の生きざまが、そこに書けて居なければなりませんね。

ところが、ストーリーさえあれば、それが小説だと、錯覚している人が意外と多い。漫画や劇画ばかり見ていて、だんだん活字離れが進むと、小説どころか、いまに、手紙も書けない人が、どんどん増えていってしまうのではないでしょうかね。

話をもとに戻します。

私の場合は、活字離れではなくて、活字中毒になったために、学業が、落ち目のパンツじゃないけれど、ずるずると下の方へ落ちて行った。ところが、幸か不幸か、その頃から、戦争がだんだん熾烈になってきて、灯火管制やなんかで、夜間学校の授業はできなくなったのです。やっぱり不幸ですね。室内授業が出来なくなったかわりに、配属将校というのが来て、来る日も来る日も、校庭で、銃剣術の訓練です。

もうこうなると、疲れてしまって、本も読めません。おまけに、叔父の金物問屋は、だんだん金気の物がなくなって、鍋も釜も、洗面器も、湯たんぽも、売る物がみんな土のもの、代用品に変わってしまって、梱包が藁づつみだから、かさばるし、重いし、リヤカーに載せて運ぶのが、たいへんなんです。

そうこうしているうちに、番頭さんには招集が来るし、旦那は徴用、もう一人居た小僧さんも兵隊検査で郷里へ帰ってしまって、商売ができなくなりました。

私も、もう、こうしてはいられない、どうせ兵隊に取られるのなら、いっそ、こっちから志願して、少しでもお国のお役に立ってやろう……まさか、いくらなんでも、そうは考えません。私の願望としては、招集を待って、一兵卒で征って死ぬよりも、学徒出陣かなんかで、将校になって、格好よく死にたい。……それは、あの頃の若者の、居直りの気持でもあったのですね。

私は、海軍気象部の軍属を志願しました。学校は四年で繰り上げ卒業です。小田原の、酒匂川の河口のところにあった、訓練所に入って六ヵ月、ここは気候温暖、食べ物も豊富で、天国でした。ただ、一度だけ、入湯上陸……海軍ですから、外出のことを上陸って言うんですが、銭湯に入るために、小田原市内まで出掛けて行ったときに、散髪屋に寄ってお茶を馳走になっていたのを、教官に見付かって、帰営してから、バットのような精神棒で、思い切り尻をぶん殴られたことがあったくらいで、訓練所の実習は楽だったんですが、横須賀に移ってからは、毎日が特攻訓練。それこそ月月火水木金金で、到底、生きて帰れるとは思いませんでしたね。

そして、九月に、南方方面の特攻基地へ配属になるべきところを、八月に終戦。しかし、東京の叔父の家は焼けてしまっていて、帰るところがありません。仕方な

前列右端　野瀬（16〜17歳頃）

く、長いあいだ疎遠になっていた、母方の伯父を頼って復員したのですが、さすがに、血筋のある伯父貴です。いやな顔もせず迎え入れてくれましたので、ここで一年間、野良仕事を手伝って、昭和二十一年夏上京。

例の、お馴染みの鳥越日活の一郭が、焼け残っていたものですから、そこの映画館の、映写技師の家の玄関脇、一畳一間の、板じきの部屋を間借りしまして、私の文筆生活が始まったわけですが、文筆生活といっても、その頃は、カストリ雑誌の雑文書き。カストリ雑誌というのは、当時、雨後の筍のように氾濫していた、薄っぺらな風俗雑誌のことでして、カストリというのは、粕とり焼酎の略。つまり、三合飲んだら酔いつぶれてしまうカストリ焼酎と同じで、三号めには潰れる群小出版社の雑誌を指して、そう呼んでいたのですが、われわれの書かしてもらえるようなところは、そういう群小雑誌しかありません。ずいぶん原稿料の取りっぱずれもありましたけど、まぁ、なんとか、糊口を凌いでおりますうちに、勧めてくれる人がありまして、小説倶楽部という、創刊雑誌の編集長に就任。ここで初めて、生活が、やや安定しましたが、宮仕えでは、やっぱり小説が書けません。

で、雑誌社をやめて、牧野吉晴という作家の秘書になりました。

牧野吉晴の庶民性と、その情熱を慕って、多くの文学青年たちが、牧野家には集まっていましたから、師匠のなきあと、牧野部屋から巣立って行った作家は、ずいぶんいるのです。

『はぐれ念仏』で昭和三十六年度の直木賞を貰った寺内大吉、同じく三十七年度に『螢の河』で直木賞を受けた伊藤桂一、四十年に芸術選賞を受けた尾崎秀樹、最近では『黒パン俘虜記』で直木賞を受賞し『天山を越えて』で日本推理作家協会賞を受けた、胡桃沢耕史こと清水正二郎も、みな牧野吉晴の弟子たちなんです。

今でも、吉晴会、吉晴をきちはると読んで『きっぱる会』なんですが、それを稀にやっている。今度はひとつ、名栗村まで出かけて、野瀬君のところでやろうということになって、尾崎秀樹君あたりが音頭とりして、呼び掛けているらしいのですが、むかしは、しょっちゅう牧野部屋に集まって、一食でも食事代を浮かそうなんて言っていた連中が、今ではみんな売れっこですから、なかなか顔が揃えられないんですね。

その点、おかしなことに、『姿三四郎』を書き『弁慶』を書いた、あの著名な富田常雄には、弟子が一人もおりません。だから、生前、富田さんの仕事のアシスタントをしていたことのある私が、そのご縁で、故人の著作権管理を引き受けることになったのです。

著作権管理といっても、どんなことかお分かりにならないでしょうね。例えばNHKが『武蔵坊弁慶』をテレビドラマにする。その時に、シナリオライターのオリジナルものなら、それは構わないのですが、むかし富田さんが東京新聞に連載していた『弁慶』。あれが面白かったから、あれを使おうということになれば、原作者の許可を得なければならない。ですからNHK

のプロデューサーが交渉にやって来ますね。

『主演は中村吉右衛門さんにしたいと思いますが、いかがでしょうか』とか『シナリオは、一応、目を通していただけますでしょうか』とか、そういう交渉の応対をするのが、私の仕事なのですね。

ところで、名栗の村の木。それから、村の花は、何なのでしょうね。

私たち夫婦は散歩が好きだものですから、しょっちゅうぷらぷら出かけます。殊に雑草、野の花が大好きで、自分で焼いた花生けに茶花を挿そうと思って、よく、道端の水引草とか、つりふね草などを二、三本手折ってくることがあるんですが、この辺の地元の方は、どうも散歩なんて言うことはなさらないみたいで、私たちが歩いていますと、まぁ一

吉晴（きっぱる）会　昭和42年
立っているのが野瀬光二　正面右・尾崎秀樹　正面左・寺内大吉
手前左・後藤信夫　手前右・伊藤桂一　右中・小説現代編集長

応、ご挨拶はして下さるんですが、何かどうも、よそ者っていう目で見られている感じがしてならないのですが、これは私たちの僻みでしょうか。

逆に言えば、村人の素朴さが、都会人の対応に慣れていなくて、年をとっても、人前で平気で腕を組んで歩いているような私たちの、厚顔無恥に呆れ返っているのかもしれませんね。

でもまぁ、もっと積極的に、私たちに近付いてきて下さい。私たちも、できるだけ早く、この土地の慣習に馴染みながら、名栗の村びとに成っていきたいと思っているのですから……。

（以下略）

桃源郷に水光庵と名付けた
家　川まで階段がある

名栗の復古調のバス「さわらび号」

図鑑片手にスケッチも

土手は春　花盛り

牧野吉晴の秘書の思い出

二〇〇七（平成十九）年二月二十六日（大衆文学研究会月例報告・抄録）

最初にお断りしておきますが、私、昨年の夏、満八十歳を越えまして段々と物忘れが激しくなってきており（……）年代の記憶に間違いがあるといけませんから一応メモを用意して参りました。（……）見苦しい点がありましてもどうかご勘弁下さい。

今日は、私が昔秘書をしておりました牧野吉晴先生と、富田常雄先生のことについてお話するわけなんですが、お二方とも亡くなられてもう四、五十年も経つ人達ですから、たとえ戦後第一回目の直木賞受賞作家である富田常雄にしましても、今の若い人たちは知らなくて、ほら、『姿三四郎』っていう柔道小説を書いた人だよって、注釈をつけなければなりません。（……）そんな訳ですから、まして牧野吉晴のほうは富田常雄より十年も前、昭和三十二年（一九五七年）に亡くなっていますし、直木賞も芥川賞も貰っておりませんから、今では知っている人はずっと少ないのではないでしょうか。（……）ここにありますこの本。この『逝く人の声』。これは「俳句界」という俳句の月刊誌にずっと連載していたものを、尾崎秀樹氏の死後「遺稿集」としてまとめたものなんですが、これを見ますと、尾崎秀樹氏が牧野吉晴と知り合ったのは昭和三一年（一九五六年）一月の事だと書いております。

私もこの尾崎秀樹氏が牧野吉晴と知り合ったいきさつは、身近におりましたから良く知っておりますが、私はそれよりずっと前、牧野さんがまだ立川の先の西秋留、現在は秋川市ですが、そこに疎開しておりました頃から一週間に一、二回、目黒の碑文谷からそこへ通っておりました。

何をしていたかと申しますと、出版社との取次ぎ役というか、出来上がった原稿の配達をするのが役目だったのですね。

なにしろ、終戦から二、三年あとのことですから、当時、先生の疎開先の農家には電話もありませんし、まして今日のようにファックスなんていう便利な代物は、将来出来ることすら誰も予想していなかった時代です。

ですから、何処そこの雑誌の原稿は、いつ仕上がるかの予定を先生から聞いておいて、その日に東京から取りに行くのですが、とにかく、ペン先に一字一字力を入れて唸りながら書くような、文字どおりの力作作家ですから、原稿が予定通りの日に仕上がることは滅多にない。ですから、雑誌社の人に無駄足をさせないようにという牧野さんの配慮から、私が原稿配達の役目を引き受けていたんですが、出来上がりの予定日に私が行ってもまだな時があって、そんな時には奥さんと一緒に裏手の丘の土手へ、飼っている兎の草を取りに行ったり、天気が良くて

風のないぽかぽか陽気の日などには
「おい、今日は釣れそうな日だから、細へ行って俺のかわりに釣りをやってこい」なんて言われまして、延べ竿とビクを片手に、近くの秋川まで釣りに出かけるんです。
「細」というのは、秋川に流れ込む細い支流のことで、そこで、河原の石に付いている川虫を捕って、釣り針にくっつけ、流し釣りをしますと、結構、形の良いハヤが釣れるんですね。

余談が挟まってしまいましたが、以前、私は「大衆雑誌」というB6版の小型雑誌の編集者だったのです。（最初は「うねび書房」という教育図書の出版社に入社。……）わたし達は営業の者二人と編集の者二人が語らって、うねび書房を退社し、神田司町に新たに桃園書房というのを創めたのです。

社長はうねび書房の専務だった金光好雄、編集長は私なんですが、本名の野瀬光市の文字が嫌いで、当時私は皎一郎の名前を使っていました。この皎の字は私が尊敬する郷里の詩人で、何度かお目にかかったことのある日夏皎之介（耿之介）先生の皎を頂戴したものなんですが、その名前を使って「大衆雑誌」の表紙の人形ぶりの「藤娘」や「京鹿子娘道成寺」の解説なんかも書いていました。（編者註：皎の文字は耿が正しいが、本人の勘違いのようです。）

当時、牧野吉晴は「ロマンス」という雑誌に小島政二郎と並んで連載小説を書いており、講談社の「キング」にも「天国の記録」などという巻頭の読切小説を発表していて、それらの題名と作家名が電車の中吊り広告にでかでかと載っていたものですから、この人の小説をうちの雑誌にもなんとか貰えないものかと、西秋留まで、(当時はまだ五日市線は拝島から汽車でしたが) 煙を吐いて走るその旧式な汽車に乗って、遥々と訪ねて行ったのです。

どこかでセミが啼いていましたから、夏の頃だったと思いますが、単線のちっぽけな無人駅で降りて、畑の真ん中のダラダラ坂を下って行きますと、四つ辻があって、そこを左に曲がってすぐ左手の、奥の方に見える、大きな藁ぶき屋根の農家。そこが牧野吉晴の疎開先でした。

その家の庭先を通って一番はずれの、床の高い、幅広な縁側の前に立って声をかけると、「おぅ」と答があって、まるで農家のおっさんみたいな先生がのっそりと出て来て、来意を告げると、

「そうかい、遠い所をよく訪ねて来たね。おなかがすいたろう。きょうは、生憎、家内が出掛けてお茶もいれられないが、一緒に飯でも食いに行こう」と言い、初対面の私を、

牧野吉晴先生と野瀬（左）

五日市まで連れていってくれたのです。

なんて気さくな、温かい感じの人なんだろうって思いました。

そこの町の食堂で何をご馳走になったかは、もう忘れてしまいましたが……、先ず雑誌の内容と、連載小説の依頼に来た旨を告げ、そのあと、先生から訊かれるままに、自分は数え年十三歳の時に脊椎カリエスで母を亡くし、翌年父が死んだものだから、東京の叔父の許に引き取られ、その叔父が営んでいた金物問屋の丁稚小僧になり、商品を小売店に配達するリヤカー曳きをしながら夜学に通って、本所横綱の日大一商を卒業し、戦争中は海軍の気象部の気象官養成所みたいな所にいたのですが、終戦になって復員し、東京に戻ろうと思っても叔父の店は消失して無いものですから、仕方なく、信州下伊那の亡くなった母の実家を頼って行き、伯父の家に置いてもらって百姓仕事を手伝う傍ら、飯田市郊外にあった木工所の経理の仕事もして食い扶持を稼ぎ、郷里の詩の同人雑誌「新生詩人」に加わって一年ほどを過ごしましたが、やがて東京への転入が叶いましたので上京。浅草鳥越の、映画館の映写技師をしていた知人の下宿に同居をし、新聞広告で探し当てた「うねび書房」という出版社に入社して「性文化」だとか「犯罪実話」などの社内原稿を書かされたあと、今の桃園書房に移って「大衆雑誌」を創刊したのです。……と、問われるままに自分の来歴を洗いざらい話してしまったのです。

そうしたら先生は、「君はなかなか素直な良い性格らしいね。私の小説の素材にしても良いような人だから、連載を引き受けてやってもいいが、今、先約があってね。それの取材で、近々、瀬戸内海の長島の、愛生園というライ病（ハンセン病）患者のいるところまで行ってこなくてはならないから、あとふた月ほど待ってくれないか」という事で、一旦帰ったのですが、その二ヶ月の間に会社の状況が変わって、原稿料の支払いが滞りがちになり、もっと別な、新雑誌を考えようということになって「大衆雑誌」は休刊。

　それで、その報告とお詫びに、再び西秋留へ参上しますと、今度は奥さんだけがいらっしゃって、「あんたが野瀬さんね。折角来てくれたのに、きのうから、おとうちゃんは講談社のカンヅメになっていて、内にはいないのよ」ということで、上げてお茶をいれてもらって、帰りました。

　その数日後、牧野さんの方から会社に電話が掛かってきたものだから、よその雑誌のカンヅメになっている牛込山伏町の旅館へ伺い、「大衆雑誌」の状況を伝えて、「折角先生の原稿を頂いても、ご迷惑をかけるといけませんから、暫くこの間の連載小説の件は保留にして下さい」ってお詫びをすると、「で、君はどうするんだね。君は将来、物書きになろうっていうつもりなんだろうが、作家に迷惑をかけるようなところに居ては決して君のためにならない。だから、君はそんな会社はやめて、俺んところへ来なさい。君一人くらい俺んところでなんとか面倒みてあげるよ」っておっしゃって下さって、それから間もなく、私の西秋留通いが始まったのですが、それには、もう一つ条件がありました。

それは、「くだらない大人の小説を書くなんていうことは止めて、これからは子供向けの純真な物語を書きなさい。俺は、少年少女ものの出版社ならいくらでも伝があるから、良いものが書けたら、推薦してあげるから」ということだったのです。

それで、牧野吉晴の原稿をあちこちの出版社に届ける合間に、家に居るときにはせっせと自分の原稿を書き溜めて、出来上がると先生にお見せしてその中の幾つかを少年少女雑誌の「譚海」だとか、「冒険王」だとか「野球少年」なんかにも載せてもらいましたが、その間、なによりも私の財産になったのは、牧野吉晴の原稿を運ぶことで、講談社や光文社の編集部の人達と親しくなれたことですね。

さて、話がまた脱線してしまいましたが、私が西秋留へ通い始めた翌年の四月、牧野さんは友人の勧めで神奈川県の葉山へ引っ越すことが決まって、その時には、近所の人達がみんな別れを惜しみ、タンスや、本棚など重い荷物を二台のトラックに積み込むのを手伝ってくれて、それをまた葉山へ行って降ろすのも大変だからと相談し合い、若い連中の何人かがトラックに便乗、荷台の荷物に摑まって葉山まで付いて来てくれ、その晩は振る舞い酒に酔っぱらって引越し先の二間続きの座敷にみんなで雑魚寝をしたことは、懐かしい忘れられない思い出ですね。

……で、私はそれからは碑文谷から葉山へ通うことになり、品川へ出て横須賀線に乗り換えて、快速電車での通勤は楽でしたが、夏場になると海水浴客で込み合って、品川から逗子迄立ちっ放しのことも度々でした。

しかし、今度の風見橋というところの家は別荘地ですから、勿論、電話のある家でしたので、行きまして原稿が出来ておりますと、先方の編集部へ電話して連絡を取り、大船駅のホームまで取りに来てもらうのです。

そして、駅のホームで原稿をリレーして、私はまた葉山へ戻るのですが、次の原稿が出来るまでには間がありますから、そんな時には先生と一緒に釣り竿を担いで森戸海岸へ行き、神社の裏手の岩場でゴカイを餌に磯釣りをやるのですが、海の釣りはなかなか難しくて、引っ掛かるのは箱フグばかり、お目当てのハゼはなかなか釣れませんでしたね。

そのような状況のなか、私が以前いた桃園書房が「小説倶楽部」というのを出すようになり、これに連載した角田喜久雄、横溝正史、山岡荘八といった作家たちの連載がいずれも大ヒットして、社運を取り戻したものですから、わざわざ唐沢社長が葉山まで訪ねてきて、牧野先生に私を社に戻してほしいと頼んだのですね。

それで私はもとの古巣へ戻ることになり、同時に家も板橋区中台という所に住み替えて、「小説倶楽部」の「別冊・読切増刊号」を担当することになりました。これには牧野吉晴の初めての時代小説「山賊物語」だとか「豪傑物語」というのをシリーズで書いてもらいました。（……）

牧野先生は私が桃園書房へ戻る時、はなむけに、一年間の連載小説を約束して下さっており、翌昭和二十九年（一九五四年）の三月、一緒に静岡へ取材旅行に行き、久能山から日本平、三保の松原など回って来たのです。そのときの取材の小説は二ヶ月置いた五月から連載することになり、それは「白い薔薇」の題名で翌年四月まで続きましたが、その連載が終る頃、牧野さんは講談社の「キング」に「基地ヨコスカ」とか「日本の慟哭」という、基地の売春婦や広島の被爆者の悲しみを書いて大いに話題を集めたものでしたが、「小説と読物」にはひき続き「空手真髄」という、これは沖縄古来の唐手が、近代空手に変貌しようとする草創期の流派争いを背景に描いた、初めての空手小説を書いていただき、これは東映で「電光空手打ち」の題名で映画化されましたが、この時、主役の忍勇作役に抜擢されたのが、ニューフェイスの高倉健だったのですね。

そしてその翌年、昭和三十年（一九五五年）に牧野さんは東京に引っ越して参りましたが、豊島区東長崎のこの家は、女優の三崎千恵子さんが住んでいた家で、三崎千恵子と言えば、「寅さん映画」に出て、柴又の寅屋の女将さん役をやっていた人だから、知っている人も多いだろうと思うんです。（……）

牧野さんはその家がたいそう気に入って、広い庭に池を造り、背後に大きな庭石を配置して立派な庭に作り替えましたが、もともとが日本画家で奥村土牛さんや川合玉堂さんとも付き合いがあった人ですから、レイアウトは完璧。此処の家で「文芸日本」の座談会が時々開かれることになって、浅野晃、大鹿卓、外村繁、中谷孝雄、榊山潤などというお歴々、それに御大の佐藤春夫先生も、一、二度お見えになられたことがありましたが、皆さんこの庭には感心しておられました。

その代わり、牧野は稼ぎ頭だからと、「文芸日本」の経費は、大半、牧野さんが負担していたようでした。

その頃になると、桃園書房の方は編集部のスタッフも増え、野球チームなんかも出来て、挿絵画家の「カラーズ」だとか、漫画家たちの「ポロジーズ」などと、中野の哲学堂公園のグランドを借りて対戦したことがありましたが、兎に角、牧野さんの方がやたらと忙しくなってきて、また私に来てほしいという要望があって呼び戻されたのです。

当時、牧野家の応接間には常時、二、三人の編集者が詰め掛けていました。順番待ちをして、よその社の者に割り込まれないようにという気構えなんですが、そのなかには「小説倶楽部」からきている色川武大君の姿もありました。

牧野吉晴先生

（……）

その頃、「小説倶楽部」は牧野吉晴の「空手真髄」の後、拓殖大学の空手部の学生をモデルにした空手小説を連載しておりましたが、それが完結しますと、その後、今度は合気道養神館道場の塩田剛三師範の青春時代をモデルにした連載小説を始めることになり、その題名を社内募集していたのですが、なかなか決まりそうにないので私も色々考えてみたんです。そうしたら、「文芸日本」の表紙裏にいつも「薬用酒・紋章」の全面広告が載っていたことに、ふっと気が付き、「鬼の紋章」というのはいかがかと、牛込山伏町にあった牧野さんの定宿へ、題名を書いて持っていったのです。

そうしたら、そこに二人の先客があって、ひとりはゾルゲ事件の関係者のK氏、もう一人、病み上がりらしい顔色の悪い青年が尾崎秀樹君でした。

牧野さんは私に彼を紹介し、「今度、国を売った男たち」と言うのを書くにあたって、この人たちには随分世話になったんだよ。この尾崎君は、尾崎秀実の弟で、Kさんが紹介してくれたんだが、これから榊山の所で「文芸日本」の編集を手伝ってもらうことになるが、あそこじゃ碌すっぽ給料も出せまいから、当面、うちの秘書ということにしておくが、なかなか有能な青年だから宜しく頼むと引き合わされたのです。

さあ、やっと今回の話の冒頭に繋がりましたが、実は今度この話をするに当たって、私の編集者時代の事に誤りがあるといけませんから、桃園書房に電話していろいろ確かめたいと思ったのでありますが、現在、八丁堀の方にあるという桃園書房は、会社も経営者も全然別個のもので、社名も「小説倶楽部」の雑誌の名前も、全部買い取ったもので、「以前の桃園書房とは縁もゆかりもありませんから、こちらへお尋ねになっても、古いことは何もお答えできません」そう言われてしまって、私はもう、前世紀の人間なんだとガッカリしてしまいましたね。

でも話を止める訳にもいきませんから続けますが、尾崎秀樹が「文芸日本」の編集に関わるようになった翌年の春、牧野さんは学習研究社の忘年会に出かけて行き、椿山荘でのパーティーのあと、榊山潤さんらと銀座に回って、カサノヴァという酒場のトイレで倒れたのでした。

昭和三十二年（一九五七年）十二月二一日のその日は、尾崎君がタクシーで先生を迎えに来て、私は東長崎のお宅に留守番として残り、奥さんや先生の母親の糸さんと一緒に茶の間の炬燵に入って、雑談をしながらお帰りを待っていたのです。（……）

葬儀のあと私が先生の自伝小説を書き足して出版しました。『閻魔の前で』というこの本は、大正末期から、昭和初期にかけての貴重な文壇裏面史でもありますので、今一度、どこかの出版社で復刻版を出して頂けると、大変、有り難いのでありますが……。

で、牧野吉晴の墓は、これも寺内大吉さんのおかげで護国寺に出来まして、場所は本堂脇の、花屋さんの裏手にあり、真向かいに富士山の見える素晴らしい場所ですが、その墓碑にある戒名は、佐藤春夫先生がつけて下さったもので、「氷心院玉壺吉晴大居士」という十文字もある長い戒名なんですが、その院号の氷心というのが、なにか冷たい心のように感じられて、親戚の人達は初め少しこだわっていたのですが、後でこれは、一片の氷心玉壺にあり、という王昌齢の詞からの引用で、氷心とは、透き通って潔白な心のことだと分ってみれば、なるほどと皆さん納得したようでした。（以下略）

吉晴（きっぱる）会 1988.8

前列左から三人目尾崎秀樹、寺内大吉、一人おいてゆみこ（牧野氏長女）
二列目　左から２人目伊藤桂一、　左から五人目野瀬光二、一人置いて斎藤芳樹
三列目左から三人目　のり子　二人おいて大森光章　田中順三　三人おいて胡桃沢耕史、三木章

姿三四郎と西郷四郎　講演抄録―富田常雄について

西郷四郎生誕百二十年記念
一九六〇（昭和三十五）年十一月三日　新潟県東蒲原郡津川町に於ける文化講演録

私は、このあとお話して下さる西郷頼母研究会の牧野登氏やご当地の郷土史家でいらっしゃる赤城源三郎さんのように、一つの研究課題を持っているわけではありませんので、まとまりのない話になってしまうかもしれませんけれども、どうかまぁ、雑談だと思って気楽に聞き流して頂きたいと思います。

それで、今日は初めに私と富田常雄とのかかわりあい、次に、私の目から見た富田常雄の仕事ぶり、それから、「姿三四郎」という作品についてなど、幾分、裏ばなし的な話題を拾って語ってみたいと思うわけなんですが、私が初めて富田先生にお会いしたのは、昭和三四年の五月ごろだったと記憶いたしております。もう二十年近くも昔の話なんですね。

もちろん、私も雑誌や、地方新聞などに小説を書いておりましたから、文芸家協会の会合や、知人の出版記念会やなんかで、遠くからお目に掛かったことはあるのですが、まぁ、富田常雄と言えば大先輩ですし、無名に等しい新人作家など足下にも寄れません。なにせ一時は、編集者仲間で「富田天皇」なんて言われたぐらい非常に気位の高い人ですから、われわれ、ぺいぺいなんか、うかつに声もかけられなかったものですが、それがひょんなことから、私に仕事を手伝ってほしい、秘書として来てくれという話が持ち上がったんです。

その頃、私は東京文芸社という出版社で、主として作家との交渉係のような仕事をしていまして、その仕事の関係で、以前、富田家へ伺ったことがありましたが、一度も先生にはお目に掛かれたことがなかった。（……）

富田さんのところは、大谷石の石塀に囲まれた大きな屋敷で、観音開きの木戸は自動車が出入りするとき以外は閉まっていますから、ベルを押してお手伝いさんを呼び、潜り戸を開けて貰って入って行くのですが、玄関先まで植込みの間に砂利が敷き詰めてあって、友待ちの付いた一間間口の玄関のガラス戸を開けると、そこは二坪くらいの三和土で、右手正面に大きな円窓があって、その窓の向こうが応接間になっています。

左手正面が沓脱ぎで、そこから上がって右側の応接間へ入るんですが、富田さんの屋敷というのは東西に細長い家で、応接間の入口から左手を見ると、まるで三十三間堂の廊下みたいな長いやつが、ま、三十メートルは奥へ

富田常雄（ÑHK「歴史への招待 18」より

通じていて、その南側がずっと庭に面している。ですから、どうかして応接間の窓の障子が開いていると、先生が植木棚のところで盆栽の芽をつんだりしているところが見えることがあるんですね。それでも先生自身は余程親しい来客でないと、決してじかには出ていらっしゃらない。

それが、突然に木津さんという先生の秘書さんが病気で亡くなられて、その後釜のお鉢が私のところへ回ってきたんです。

先生は昭和二十五年から二十七年にかけて、「主婦の友」に「夢と知りせば」という連載小説を書いているんですが、その小説の主人公が野瀬満也というジャーナリストで、柔道が強くて、好男子で、ものすごく女性にもてる。勿論、私がモデルなんかである筈はないんですが、ま、野瀬っていう名前には多少好感があったんでしょうかね。

北村さんと言う、これは作家の山手樹一郎さんの長女のお婿さんで、文芸通信社を経営しておられ、富田家には足繁く出入りしていた人なんですが、この人に連れられて行って、初めて応接間で富田先生と直接お話ができて、ま、お目見得は合格ってなわけで、そのときから先生の仕事を手伝うようになりました。

ところで、仕事の手伝いというのは、どんなことをするのかと申しますと、まあ、大体朝十時ごろ先生のお宅へ行きまして、茶の間か、または書斎にいらっしゃる先生に挨拶をして、それから秘書室に引き籠る。

この、秘書室といっても、十二畳程もある立派な洋間で、床にはコルク材のカーペットが敷き詰められ、中央に両袖の大きなデスクが据えてあって、壁には十号ぐらいの裸婦の石版画が掛かっているという立派な書斎で、東隣には二間続きの書庫もついているのですね。

私一人だけで使うには勿体ないような、落ち着いた良い部屋なんですが、難を言えば北側だものですから、夏は良いが、冬はすこぶる寒い。

その部屋で、先ず、お手伝いさんが運んできた郵便物の整理をし、新聞や雑誌の切り抜きを作る。

当時、富田さんは読売新聞に「風来物語」、東京新聞に「熊谷治郎」、地方新聞に「むらさき抄」と新聞小説が三本。それに「週間読売」の「天狗往来」。「月間平凡」の映画化小説「白い波濤」など書いておりましたけれど、その中で、新聞小説だけは、毎日各社一回分ずつを書く。まぁ、作家の方によっては、一週間乃至は十日分ぐらいを一遍に書いてしまう方が多いようですが、富田さんは、新聞小説は一日一回分を書くのが理想で、旅行をするときなど、やむを得ぬ時は別として大体一紙一回分ずつしか書きませんでしたね。

それは、一遍に何回分もまとめて書くと、どうしても筆が流れて、毎日毎日の山場が無くなってしまう。新聞の読者は、明日の続きはどうなるだろうかと、翌日の新聞を待ち受けるように引っ張っていかなければ駄目なんで、きのうも今日も同じ酒場でぐだぐだ話し込んでいるような発展のない小説は、たちまち読者からそっぽを向かれてしまう。と言うのが富田さんの持論でした。

私も地方新聞に時代小説の連載を書いたことがあるんですが、一日一回というのが、如何に大変なことであるかは身に沁みて知っております。ささっと続けて書くのは楽なんですが、一日一回となると、毎日の小説の出だしを改めて考えなければならない。私は二百回の連載をしたのですが、途中でへたばりそうになって、逃げ出したくなることが何回かありました。

新聞小説というのは、まぁ大体、一回分というのが四百字の原稿用紙で三枚から三枚半、富田さんは書き始めると速いんですが、エンジンのかかるまでが大変で、午前中は盆栽いじりや釣り道具の手入れ、ゴルフのアイアンなど磨いたりしていましてね。つと書斎へ入っていったかと思うと、三十分ぐらいで新聞小説の一回分を書き上げて、「おい、出来たよ」と、私のところへ持ってくる。

あの、なにやかや、やっている間は、遊んでいるのではなくて、考えているんですね。

先生の書斎は、晩年は母屋の上に二階を継ぎ足してそこへ移りましたが、それまでは庭の一番奥の、離れになった茶室を使っていました。（……）

先生は週刊誌や月刊誌のときは四百字詰めの原稿用紙を使いましたが、新聞小説だけは二百字詰めを使いまして、それが、ほとんど書き直したあとが無い。まるで清書したみたいに、奇麗な原稿なんですよ。それに字も一字一字きっちり升目のなかに収まった読みやすい字で、こういう原稿は活字が拾い易くて印刷所の人も助かるが、編集者も楽なんですね。(……)

さて、原稿が書き上がりますと、私がまず目を通して、一番おしまいの数行だけを別の原稿用紙に写し取っておくのです。それを翌日先生が見て、その続きを書くというわけで、新聞が毎日ですから、先生も私も日曜休日なんていうのはありませんでした。(……)

富田先生は新しい連載の話が決まりますと、大体の構想を立てて、まず材料を集めさせるんです。大体、先生はご自分で資料を調べるということは余りしませんでした。それは、自分でいろいろ調べますと、時間が掛かりますし、第一、調べたことはみんな書きたくなってしまう。そうすると、話が固くなって小説が面白くなくなりますよね。それよりは私が調べて、要点だけを書いて先生に渡しておくと、取捨選択が楽にできますし、空想が発展していく余地がある。

作家と言うものは、事件そのものを世間に伝えるために文章を書くのではなくて、一つの時代、あるいは一つの世相風俗のなかに生きたさまざまな人間像、乃至は人間の営みを自分の目を通して書いていきたい。だから、なまじ資料の残っている知名な人物を書くよりは、むしろ、架空の人物を書く方が楽しいんですね。

しかし、時代背景だけはしっかり書いておかないといけない。時代背景がしっかり書けていないと、全体が嘘になってしまうし、反対に時代背景がしっかりしていますと嘘の話も本当らしく見えてしまう。『姿三四郎』がその良い例なんですね。

そこでいよいよ『姿三四郎』の話に移る訳なんですが、モデルは西郷四郎であるとよく言われます。そして、それは最早、世間の定説みたいになっていて、否定しても、もう追っ付かない。けれども、富田常雄自身にしてみると、どうもこういう話はお気に召さない。だから、ご当地の赤城先生が、麒麟山に建てる西郷四郎の記念碑の碑文を頼みにみえた時も富田さんはなかなかウンと言わなかったんです。で、何度も熱心に足を運ばれたので仕方なく書いた訳なんですが、どうみても、あの碑文には煮え切らないところがあるんですよね。

「明治二十年の昔、講道館で山嵐をもつて鳴らしたのは西郷四郎である。この技は空前にして絶後といふ。したがつて、山嵐の壮烈な技をもつて小説に現れた姿三四郎を、西郷四郎を小説化したものと見なしたい郷里の人達の考えは無理からぬことと思ふ。」

小説家として姿三四郎が実在したように思われることは誉れではあるけれど、彼は決して西郷四郎ではなく、空想の人である。ただ、三四郎を書く上において、西郷四郎の面影がうかんだことは事実である。……というような碑文になっていますね。

つまり、西郷四郎はモデルではない。ただ、姿三四郎を書く上において、一つの引き金になったに過ぎない、と言いたいわけですよ。

ところで『姿三四郎』という小説が書かれた経緯は、東京文芸社から出ている『富田常雄選集』第五巻の「四郎の手帳」にも書かれておりますが、昭和十六年「錦城出版社」という出版元の招待で、麹町の幸楽へ呼ばれていったときに、ひとつ情報局に褒められるような国民文学的な作品を書いていただきたいんだが、富田さん何かありませんかと聞かれた。

すると同席していた梶野悳三（彼は「じゃこ万と鉄」という小説を書いた作家なんですが）「おい富田さんよ、柔道創世記みたいなものを書けよ。お前ならうってつけじゃないか」と勧めた。

彼は富田常雄が柔道家の家に生まれて、父親の富田常次郎が、講道館の加納治五郎の筆頭門人だったことを知っていたんですね。しかし富田さんにしてみれば、それまでに「少年倶楽部」やなんかに「柔道大試合物語」なんていうのを度々書かされていましたし、書くとすれば、いつか大新聞にじっくり腰を据えて書きたかった。けれども、戦争はしだいに激しくなるし、将来、大新聞が檜舞台を開けて書かしてくれるという見通しもありませんから、なんとなく、生活費欲しさに引き受けてしまったわけで、「姿三四郎」という題名は、あとで市電の中で思いついたんだそうです。

で、原稿料の前借りを頼んだら、題名を決めて下さいと言

西郷四郎（ÑHK「歴史への招待 18」より

われて、「姿三四郎」と答えたら、「は？　姿三四郎ですか。なんだか芝居に出て来る若衆みたいな名前ですな」と言われて、それでも前金を渡してくれたんだそうです。

まぁ今なら、姿三四郎と言えば、柔道とは切っても切れない通り名になってしまいましたが、初めは奇異な題名だったのでしょうね。

この小説が書きおろしで出版されたのは、奥付の日にちで昭和十七年九月一日です。

黒澤明は、その本が発売される前日に新聞で広告を見ましてね。なにか、これだという予感がひらめいたんだそうです。彼は当時三十二歳。富田さんより六つばかり若くて、山本嘉次郎監督のチーフ助監督をしていたんですが、そろそろ一本撮らせるから、なにか良い素材を探してこいと言われていました。だから、映画の原作探しに躍起になっていたんですが、翌日まっさきに書店へ駆けつけて『姿三四郎』を購入し、一気に読み終えて、東宝の今の社長、当時はまだ企画課のプロデューサーだった田中友幸さんに、原作を押えてくれるよう頼みました。これが、黒澤明を一躍有名にし、同時に富田常雄の名を世間に広めさせた映画「姿三四郎」の登場ということになるわけで、実際その頃まだ富田常雄の名は、それほど一般には知られていませんでした。（……）

さて、だいぶとりとめのない話をしてしまいましたが、

富田常次郎（NHK「歴史への招待 18」より

最後に結論めいたことを一言申し添えますと、今日、史実家や文芸評論家の間で、西郷四郎に対する関心が非常に高くなって、それにつれて、姿三四郎は西郷四郎の虚像であるというようなことがよく言われ、虚像とか実像とかいう言葉が一つの流行語のようになってしまいました。これは私の友人の尾崎秀樹君あたりが言い出した言葉だと思うんですが、富田さんは江戸っ子で口の悪い人ですから、「なに言ってやがんでえ、冗談じゃないよ。姿三四郎は西郷四郎の虚像なんかであるものか、西郷四郎こそ、姿三四郎の虚像なんだよ」と苦笑いしていましたが、虚像とか、実像とかいわれますと、一方が偽物で、一方が本物みたいに聞こえていやなんですね。

でも、今では私自身、虚像とか実像とかいう言葉をよく使いますし、あまり抵抗もありません。虚像というのは、虚構のなかの人物像という意味なんですから。

しかし、作家としての側から言いますとこの虚像と実像、つまり、姿三四郎と西郷四郎を混同して、同一人物視されるのは困るんであります。西郷四郎がこの津川の風土のなかで生まれ育った実在の人物なら、姿三四郎も富田常雄がそのイマジネーションのなかで生み育てた、一人の別な人格なのであります。

でも、その生きた時代は同時代であり、柔道を志し、同じような試練を味わい、闘い、悩み、そして成長していったわけでありますから、この二つの人格の類似点、共通点を比較し、その時代背景、対人関係を検討してみるのは、大変興味ある問題であります。

小説の方はすでに完結し、作者の死とともに、あれ以上発展のしようはないのでありますが、実像の四郎の方は、その生涯にいろいろ謎の部分が残されており、解明されない点がまだまだ多くあります。

幸いご当地には赤城先生のような方もいらっしゃるし、西郷頼母研究会の皆さんによって、四郎研究が追々その成果を上げげつつあり、私もおおいに期待している者でありますが、ま、いずれにしましても、この津川に西郷四郎という人物が生れなかったならば、あの山嵐という技も、『姿三四郎』という小説も生れなかったに違いありません。

また、富田さんがなんか柔道小説を書いたにしても、当然、別な人物が主人公になったわけで、壇義麿や津崎公平では、第一語呂が悪い。サマにもなりませんね。

そういう意味で、『姿三四郎』のヒントとなった西郷四郎は富田常雄にとっては恩人であるわけで、今日、この津川町における催しも、富田家のご遺族は大変感謝しておりました。私から代わりまして厚く御礼申し上げます。

どうも、ご静聴有難うございました。

秘書の思い出　―牧野吉晴と富田常雄

『姿三四郎』巻末エッセイ　大衆文学館　講談社（一九九六年発行）

私はふたりの作家の秘書を、それぞれ十年くらいずつ、併せて二十年近く勤めた。そして、おふたりが亡くなられてからも、ご遺族との関係は現在も続いている。私の名刺の肩書きに、「牧野吉晴　富田常雄　著作権管理者」とあるのは、そのためである。

牧野吉晴といっても、もはや知る人は少ないであろう。しかし、戦後の文芸復興期から昭和三十年代前半にかけて、牧野さんは、倶楽部雑誌といわれた大衆誌に欠かせない存在であり、小学館の学習雑誌から婦人誌にまで幅広くファンを持つ人気作家であった。

牧野さんと富田さんは、二人とも、明治三十七年生れの同年齢である。どちらも同じ時期の婦人雑誌に、現代ものの連載小説を書いていたが、牧野さんは「婦人倶楽部」や「婦人生活」が多く、富田さんは「主婦之友」と「主婦と生活」が主だったから、重なることはなく、また、文壇での交友関係も異なっていた。

牧野さんは非常に庶民的で、来るものは拒まず、誰とでも付き合ったし、若い人を育てるのが好きで、同人雑誌の「文芸日本」を通じ、伊藤桂一さんをはじめ、多くの新人を世に送り出した。文芸評論家の尾崎秀樹さんも牧野門下の一人である。

それに対して、富田さんはエリート意識が強く、文壇人でも一流の、それも競走馬を自分で持っているような、舟橋聖一さんとか、吉屋信子さんとか、派手な人たちとの付き合いが多く、いつも大家然としていたから新人たちには、ちょっと付き合い難い存在だった。

そんなご両人だから、ふたりは面と向かって話をしたことはなく、たとえパーティーなどで会っても、きっと、離れた席にいたに違いないのだ。その、まったく無関係だった二人のあいだに私が入ることになり、一枚の名刺に、二つ名前を並べることになったのだから、世のなか、先のことは計り知れない。

昭和三十二年の暮、突然、牧野さんが亡くなった。まだ五十三歳、過労が原因だったと思われる。学研の忘年パーティーに出かけた帰途、二次会の席で倒れたのだった。そのため、連載が中断し、未完のままになった作品が二本あった。残念なので牧野夫人に相談すると、野瀬さんが後を書き足して、できることなら本にして欲しいとおっしゃられた。さいわい取材ノートが先生の書斎に残っていたので、いくらか後半の展開の見通しが立ち、苦労はしたけれど、約半年がかりで、『海の悪太郎』という鰊(にしん)場のヤン衆の話と、『魔の誘い』という、実際にあった肉筆浮世絵贋作(がんさく)事件を扱ったものの二作を書き上げて、二冊とも東京文芸社から出版させてもらえた。これが、富田さんと私とを結びつける遠因になったのである。

東京文芸社からは、おなじころ、『富田常雄選集』が出ていた。『白虎』『姿三四郎』の名作をはじめ、『夢と知りせば』『若い季節』など、松竹大船で映画化されたメロドラマの連載小説が収められていて、全十五巻の予定だった。

牧野さんの遺作の仕事が終わり、手あきになってしまった私は、角谷社長の好意でその後、アルバイトではあったが、この『富田常雄選集』の編集を手伝うことになる。それで阿佐谷のお宅をお訪ねする機会ができ、何度めかに初めて先生にお目に掛かった。

あとでわかったことだが、富田さんは、使い走りの平編集者が行っても、滅多に応接間へは顔を出さなかった。昼間、書斎に籠り切りだったせいもあるが、奥の書斎まで通してもらえるのは、古くからの顔なじみの編集者に限られていて、あとは秘書さんがすべてを仕切っていた。その頃はKさんという、やはり小説を書いていた人が秘書をしていたが、富田常雄の秘書ともなるとたいしたものだと私は思った。牧野吉晴のところの秘書とはだいぶ違う。

私などは、どちらかというと牧野さんの居候みたいなもので、雑用をしながら小説の勉強をさせてもらっていたに過ぎず、あれでよく作家の秘書が勤まっていたものだと反省したが、そのKさんの後釜が私のところへ回ってくるとは思ってもみなかった。

Kさんが病気で引退して、私に後任の白羽の矢が立ったのは『魔の誘い』を出してから一年ほど後のことである。アルバイターの私にとっては、まさに、青天の霹靂というか、棚からボタ餅というか、怖いような、嬉しいような、信じられない話であった。

数日後、私は改めて富田邸へお目見得のご挨拶に伺ったが、初めて先生の書斎に通されたときには、緊張のため脇の下にべっとり汗をかいていた。

当時、出版界は倶楽部雑誌が頭打ちをはじめて、週刊誌の時代に入ろうとしている転換期であった。柴田錬三郎さんの『眠狂四郎無頼控』や五味康祐さんの『柳生武芸帳』が週刊新潮の部数をのばし、週刊読売では富田さんの『天狗往来』が話題を呼んでいた。

私は東京文芸社をやめて毎日阿佐谷へ通うようになり、そこでは専用の一室と、まるで会社の重役が使うような、大きな木製の机が与えられた。部屋は書庫と隣合わせた十畳ほどの洋室で、床がコルク張りになっており、机の上には外部からの切替え電話と、インタホーンがのせてあった。

そして、用事ができると、離れの茶室にある先生の書斎から、ピーッと信号が送られてくる。インタホーンなのだから、ボタンを押せばそこで会話が交わせるはずなのだが、先生も私もその操作の方法がわからなくて、ピーッと鳴ると、すぐさま私が渡り廊下をわたって先生の書斎へとびこんで行く。

「何かご用でしょうか」

「ちょっとここんところを調べておいてくれないか」

「はい」

というわけで、私は戻ってきて書庫にとじこもる。

そのころ、富田さんは週刊誌のほか、読売新聞に『風来物語』を、東京新聞に『熊谷次郎』を連載中だったから、明治時代と鎌倉時代の二つの年代の風俗や、歴史的背景をのみこむために、私は毎日、書庫の資料と首っぴきであった。

作家によっては、新聞小説の原稿を十日分くらいまとめて書く人もいるようだが、富田さんは、翌日ゴルフなどで出かけるとき以外は、各紙とも一日一回分ずつ書くのを日課にしていた。まとめて書くと盛り上がりがなくなるというのである。

そういうデリケートな神経を使って小説を書いていた人だから、途中で調べなければならないようなことが起きて、筆が中断しようものなら大変である。私は次の場面がどう発展するかを推理して、なにを訊かれてもすぐ答えられるよう心がけていたが、富田家の大きな書庫には大抵の資料が揃えられていて、私の勉強には事欠かなかった。

とは言え、富田さんはあまり史実にこだわるほうの作家ではない。史実は背景として自分のなかで消化し、それをヒントとして、別の方向へストーリーを発展させていくのが得意なのである。だから執筆中の作品について細かい打合せというものはしたことがなかった。

何かを調べてくれと言われれば、回答は必ずメモにして富田さんの机へのところへ持っていく。話すと余計なことが多くなるが、文章にすると要点だけが強調される。何から何まで自分で調べないと気のすまない作家が多いが、それでは時間が掛かるし、苦労して調べたことは、全部小説のなかへ使いたくなるものだ。そうすると、考証がまさってどうしても文章が重くなる。富田さんはそのことをよく知っていらしたから、一緒に取材旅行に出掛けても、ただ風景を眺め、美味しいものを食べてくるだけで、地元の郷土史家に会うのは専ら私の役目であった。

富田さんは、牧野さんが亡くなってから丁度十年目の、昭和四十二年十月、食道ガンで亡くなられた。私にとって、このふたりの作家の思い出は尽きない。

第三章

師の霊は生きている

昭和三十三年八月　「大世界」（世界佛教協会発行）より

銭湯への路すがら

都会ではまずないが、今でも地方へ行くと、人魂を見たという人の話をよく耳にする。たしかに世の中には、理屈で割りきれぬいろいろな不思議があるらしい。

例えばこんな話がある。昨年の暮亡くなられた、私の師匠に当る作家の牧野吉晴さんの、十二、三歳の頃の話だが……。

当時、名古屋の東海中学に通っていた牧野さんは、市内の妙蓮寺という寺の境内にある、叔父さんの借家に同居していた。父親が職業軍人で、郷里の名古屋にいることが殆どなかったので、母の弟である叔父の許に預けられていたのだ。

さて、境内の花壇に矢車草が咲き乱れている黄昏だった。牧野さんは銭湯へ行くために、叔母さんから二銭貰って家を出た。

風呂屋は四丁ばかり離れている。しかも日が暮れると人通りのない道筋だった。辺り一帯、通称寺町と呼ばれるくらい、寺が多い。妙蓮寺の門前は、ずっと練塀になっていて、左手には弘法堂があり、二、三丁いかないと人家がないのだ。

弘法堂には卍を書いた紅い提灯に灯が入っていて、内陣の奥で蠟燭の火が揺れていた。牧野さんは、当時大流行をした、〝漂泊の歌〟を唄いながら歩いていった。

〽行こかもどろか　オロラの下を
ロシャは北国　はて知らず……

という、活動写真〝生ける屍〟の主題歌である。歌を唄いながらいったのは、練塀にはねっかえる自分の足音が、まるで誰かにあとをつけられているみたいで怖かったからである。

ところが、行こかもどろかを唄いながら朧めく黄昏の道を半丁ほどいくと、不意に行く手に、一人の老婆の姿が浮かびあがった。どきり！　として牧野さんは、いつの間にその老婆が、こんな眼近まできていたのかと不審に思った。そればかりか、杖をついて腰を曲げ、ゆっくりゆっくり歩いてくる恰好が、あまりにも死んだ祖々母（ひいばあ）さんに似ていることも妙に思えた。

幽霊に思わず挨拶

祖々母（ひいばあ）さんというのは祖母（おばあ）さんの姑で、三年前に八十歳で死んでいた。加藤という姓で、尾張藩の江戸屋敷に生れ、結婚したが早く良人を亡くして、牧野さんのお母さんが嫁にくると一緒に附いてきた。そして晩年までずっと牧野家で暮していたので、牧野さんは幼い頃、この祖々母（ひいばあ）さんの手で育てられたことがあったのである。

祖々母（ひいばあ）さんによく似た人が近づいてくるのを見て、牧野さんは歌を忘れて立ち止った。杖をついた老婆は、白髪頭をさげて顔を伏せていた。茶色の着物をきて草履をはいていた。おかしいのは、もののあいろがさだかでない黄昏の中で、老婆の着物の色までわかったことである。彼女は足許に用心しながら近づいてくると、袖も触れんばかりにしてすれ違った。

「今晩は……」

牧野さんは思わず声をかけた。と、その瞬間、ひょいとその老婆が顔をあげた。

「あっ！」

頭のさきからズンと電流のように得体の知れない悪寒が走って、牧野さんは、びっくりして一目散に逃げだした。その老婆は、まちがいなく死んだ筈の祖々母（ひいばあ）さんだった。幽霊が出たのだ。

牧野さんは夢中になって駆けだすと、やがて怖いもの見たさで立ち止って振りかえった。老婆は、ちょうど弘法堂の前でこちらを向いて立っていた。牧野さんはガタガタ顫えて声も出なかった。身体中が金しばりになって動けなかった。ただ瞳をこらして祖々母（ひいばあ）さんの幽霊を見つめていた。と、その影は、弘法堂の提灯の下へ歩いて行った。そして、ふっと卍の提灯の中に消えていった。

「わっ！」

といって、牧野さんは無我夢中に駆け出した。寒気がしてガタガタ体中が顫えていた。風呂へ入ったら気がいくらか静まるかと思って、銭湯へとびこんだが、湯に入ると悪寒がいっそう烈しくなった。

牧野さんは早々と銭湯を出たが、ひとりでは怖くて帰れないので、車屋に頼んで家に連れて帰って貰った。だが、その晩から熱を出して三、四日寝込んでしまったという……。

白い影が風のように

この牧野さんの話とともに、ときどき想い出されるのは、私の友人のS君の話だ。

終戦直後のことだが……、夜もかなり更けてから、S君は鶯谷駅前の坂道を上野公園の方へのぼっていった。彼は池ノ端に住んでいたが、根岸の親戚に用があって、そこへいった帰りであった。

月のない雨もようの晩で、坂道の突当りにある交番の灯りが、いやに陰気に烟って見える。アベックで賑わう昨今とはちがって、当時のことだから夜の人通りは全くなかった。雨気をはらんだ風が上野の森の梢を不気味に騒がして渡っていくだけ……。

彼は心細くなって近道を選んだことを後悔していた。しかし、今さら引返すのは業腹だった。

折から、寛永寺の鐘がゴオーン……と鳴れば怪談にはお誂えむきだが、なんだか今にも、そんな鐘が聴こえてきそうな厭な気持で、びくびくしながら道をいそいでいると、

「出た！」

前方から宙をとぶように、白いものがかなりの速さで近づいてくるのだ。がくん、と膝がしらの力がいっぺんに抜けて、彼はその場にへたへたっとなった。腰がぬけたのだ。

しかし、掌(てのひら)で顔を覆って、眼を閉じる努力だけは忘れなかった。――が、それでいてその白い影が、風のように傍らを走り抜けていくのを、はっきり意識していたのは、つぶったつもりで両眼を瞠っていたのだろうか。

白い影は、髪を振り乱した女であった。痩せた両手をだらりと胸の前に垂らしていて、足は膝から下が朧げだった。

幽霊！まさしくそうに違いなかった。

S君は這うようにして家に帰ってから、その怪異を家人や近所の人に訴えた。

正体見たり枯れ尾花

ところが、この怪異には後日談があったのである。あとになってわかったことだが……髪を振り乱した女は、これもS君と同じ池ノ端に住む人で、その夜、引付けを起こした幼児を抱い

て坂本の医者へ駆けつける途中だった。

幼児を抱いた手の恰好が、幽霊の手のように見えたので、S君は動顛してしまったのであろう。白っぽい寝間着の裾が乱れてうしろでひらひらしていればそんな場合、足がないように見えたとしても当然だったかもしれない。

それにしても、足音くらいはした筈なのに、それが聞こえなかったと云うところをみると、女は跣足で走っていったものと思われる。

まさに幽霊の正体見たり枯れ尾花であるが、幽霊を見た経験のない私には、世間の怪異の大半は、疑心暗鬼のしからしむるところではないかと思われてならない。

いや、少なくとも半年前までの私は、霊魂の存在など信じなかった。だから私は無宗教無神論であり、家の仏壇にも見向きをしなかったほうである。ところが、牧野さんの死を契機として、少しずつ私のこの考えは変ってきた。牧野さんの亡くなる前後のさまざまな出来事を考えると、霊魂の不思議を認めないわけにはいかなくなったのだ。

師匠の死の前夜

牧野さんの死因は過労の結果の脳出血であった。婦人雑誌をはじめとして、八本の連載小説を書いていた牧野さんは、その日も新聞小説を三日分書きあげて、午後から学習研究社の忘年会に出かけていった。

「六時ごろまでには帰ってくるから、一緒に夕飯を食べよう。待っていてくれ！」

私にそう云いおいて出ていかれたが、それが最期の言葉だった。

「先生が酔って倒れて、頭をうって重態だから、すぐ銀座の菊池病院へ来て下さい！」

学研のTさんから電話が掛かってきたのは、九時ちょっと前であった。電話口に出た私は、取り次ぐとき、奥さんの心配を考えて、重態という言葉は口にしなかった。

「大したことはないでしょう。とにかくすぐ行きましょう」私はそう云ったが、奥さんは青褪めるとびくびく顳顬の辺りを痙攣させているだけで、ろくに口もきけないようであった。その奥さんの様子を見ているうちに、私は不吉な予感に襲われてきた。はたして、その時刻、牧野さんは最早この世の人ではなかったのである。

あとで聞いたことだが、同じ時刻、名古屋の弟さんの玄関に、牧野さんの影のようなものが訪れていったという。「おれが死んだら、年老いたおふくろのことは名古屋の弟と相談してくれ、それから女房や子供や家のことは、いっさい野瀬君に頼む！」亡くなる一年ぐらい前から、酔うといつも遺言めいたことを云っては、私の手を握りしめて涙を流す牧野さんだった。日ごろ気持だけは青年のごとく元気だったのに、自分では生命の限界を予知していたのだろうか。今にして思えば、牧野さんは万千の用意をしたのちに、後顧の憂いなく死んだという気がしてならない。保険ぎらいの牧野さんが、生命保険に入ったのも一年前であった。

死を予知する霊力

関東大震災の起きた大正十二年の夏、東京の深夜の騒音に異変を感じ、「ちかいうちに東京に大火があるに違いない」と予告して、いち早く名古屋に引揚げていったという逸話が友人のあいだに伝わっているくらいで、牧野さんには、常人とちがった感覚が以前からあったらしい。

年少の頃、祖母(おばあ)さんの家で読んだ虚覚(うろおぼ)えの〝三世相〟をたよりに、たわむれに誰彼なしに手相を観たが、それがいつの間にか自信を持って云いあてることが出来るようになった……と生前云っておられたことがあったが、それも牧野さんの異常神経のなせるわざであったようだ。

幽霊を見たり、自分の死を予知したりしたのも、そのような妙な勘の働きに依ったのかもしれないが、云いかえれば、牧野さんは、非常に霊感度の高い人だったのではなかろうか。

最近私は、ちょくちょく牧野さんの夢をみる。夢枕にかよってきては、あとのことを頼んでゆくのだ。私は夢の中で、牧野家の近況を報告する。

このようなことが再三あって、私は牧野さんの死後、霊魂の存在を否定するわけにはいかないのである。

『魔の誘い』へのあとがき

野瀬光二

「魔の誘い」＊は、牧野さんの作品系列の中では、ちょっと、毛色の変った部類に属する小説である。——というのは、この純情にして武骨一辺の作者が、男女の情痴にこれほど深い関心を示した作品は、他に類がないからである。

歌麿の肉筆絵図偽作という、それ自体、何やら妖しい雰囲気を感じさせる事件が、作品の骨組みになっているせいかも知れないが……。

牧野さんが、日本画家から転向した作家であるだけに、浮世絵に対する造詣の深さが窺えて、その点でも、此の作品は興味がある。作者はこの作品に異常な情熱を示していた。私は、牧野さんの弟子の一人として、多年一緒に生活していたので、そのことをよく知っている。併しそれにしても、牧野さんが急逝して、後篇を、私が書き足すようなことになろうとは、予想もしなかったことである。

私は、いまは亡き牧野さんの書斎にこもり、牧野さんの遺愛の万年筆を握って、辛苦の思いでこの長篇を書き上げた。読みかえしてみると、木に竹を継いだような感じがしないでもないが、作品の出来不出来はともかくとして、故人の遺篇を完成できたことに、私はひそかな喜びを禁じ得ない。

諸賢のご愛読をいただければ幸甚である。

＊『魔の誘い』（牧野吉晴作）

名栗村から

（1）

　クリスマスは私の受洗日でもある。

　私は六十年に板橋教会で、山本神父さまから洗礼を受けたのであるが、このたった二年の短いあいだに、私の日常はがらりと変わった。それは、祈りが生活の中心になってきたことである。

　これも、われらの神のお恵みであろうか。

　去年の夏、やきものの窯を据えるために、私が埼玉県の名栗村へ引っ込むことを決めたとき、「どうせ家を建てるのなら、小聖堂も造ろうよ」と言い出したのは妻であった。

　いつも思い付きだけで、いきなり突拍子もないことを言い出す妻であるから、「うん、まあね」と、曖昧な返事をしていたのであるが、建築屋の設計プランが出来上がってきたのを見ると、なんともう、玄関脇に、それらしき間取りがとってあるではないか。

「これは、なに」って聞くと、「三畳ちょっとですから、応接間には狭いと思いますが、どうしますか」という担当者の返事だ。

「まさかそこを、浴室というわけにもいくまいしね」

私がちょっと考えて妻のほうを見やると、「おみ堂に、ぴったしじゃない。決めて！」と、彼女は、あっけらかんとしたものだ。

「ふむ」と唸ってはみせたものの、実は、私もその気になりつつあったので、このことは簡単に決定した。しかし、それからが大変だったのである。

いくら小さい祭壇だとは言っても、普通の家庭にそうざらにあるものではなし、地元の建築業者では、家庭祭壇がどんなものであるか見当もつかないらしい。仕方がないから、妻が東久留米のグレゴリオの家まで設計士と現場監督を案内して行き、小聖堂を見せていただいて、天井からの採光をどうするとか、入り口の扉をどんな形にするとか、相談して決めてきたが、それを聞いた建築屋の社長が乗り気になってしまい、床を檜の木（ひのき もく）レンガにしましょうとか、壁にスポットライトを取り付けましょうとか、こちらのふところ勘定など御構いなしに、だんだんエスカレートしだす始末だった。

「おいおい、そんなにしたら、予算オーバーになってしまうぞ」

私が心配して妻に言うと、

「だいじょうぶよ、神様のお部屋を作るのだもの、きっと、お恵みで神様が何とかして下さるわ」

あまりに泰然としているので、私もつい、そうかなあなんて思ったりして、任せきりにしておいたら、完成したときに、ここがわが家で一番素晴らしい部屋になってしまった。

十月の体育の日に、板橋教会からも何人かの方に参加していただき、ゲレオン神父さまをお迎えして、祝別のミサを挙げていただいたが、その模様は、また後日お伝えしよう。

小家庭祭壇には、名栗の「天主窯」で焼いた自作の織部の十字架を飾り、「絶えざる御助けの聖母」のイコンを掲げて、朝夕、祈りを欠かさないよう努めているが、クリスマスまでに間に合わせようと思って彫刻家に依頼しておいた木彫りの聖母像が、このほどやっと出来上がってきた。高さ六十糎ほどの柘植（つげ）の「無原罪のマリア像」である。

今年は聖夜を板橋教会ですごしたら、金曜日にはまた、勤め先から名栗へ直行するつもりでいるが、私たち夫婦にとって、小さな祭壇の祈りの時が、今はいちばん心休まる憩いの時に思えるのである。

(2)

去年の十二月には、日曜日に二週つづけて雪が降り積もった。気象台の発表だと、二十五年ぶりの早い積雪だということであったが、この雪のおかげで、待降節の第二主日と第三主日を、私たちは遂々、教会へ行かずじまいに過ごしてしまった。

板橋にいるときと違って、名栗村からだと飯能の教会まで、車で片道三十分は掛かるのである。しかも、わが家のお抱え運転手くん（うちのかみさん）は免許取立ての青葉マークだから、雪など降り積もった日には、危なくて、とてもハンドルを任せられたものではない。

この頃はだいぶ上達して、エンストもしなくなったし、夜道も怖がらず走れるようになったけれど、狭い街道で砂利トラックや、ダンプカーに行き合おうものなら、車のなかで身を縮こませて眼をつむっていまう始末なのだから、助手席に乗っての教会がよいも、じつのところは命懸けの心境なのである。

まぁいつもは、死なばもろともと観念して同乗しているものの、さすがにあの雪の日ばかりは「命預けます」の決心が付きかねて、バスで行くことも考えないではなかったが、時間待ちのロスと、往復ふたりで千八百八十円もかかる料金のことを考えると、神さまには申し訳ないが、つい二の足を踏んでしまった。

そのかわり、ミサの時間には、我が家の家庭祭壇にふたりで篭もって「ミサに預かれざるときの祈り」を捧げ、「ロザリオの祈り」を称えて、ついでに聖歌を何番もうたった。

光は天井をガラス貼りにして、太陽をとり込んだのだ。

ついでと言ってはおかしいが、前にも書いたように我が家の祭壇は玄関脇にあって、入り口以外の三方が全部壁面になっているので、ここで聖歌をうたうと、自分の声が、ちょうど風呂場で鼻歌をうたうときのように、具合よくサラウンド効果を起こして、すごく美声に聞こえるものだから、楽譜もろくに読めないくせに、つい、聖歌集を広げたくなるのだ。
三、四十分もそうしていて、外へ出てみると雪は牡丹雪に変わっていて、庭先の川を挟んだ向かいの杉山が、数千本のクリスマス・ツリーを寄せ集めたように見えたときには、思わず歓声を上げてしまった。
それにしても、空の高みから、あらかじめ着地点が決められでもしているかのように、まっすぐに舞い降りてくる雪を私はこれまでに見たことがあったであろうか。関東では、冬になると季節風が強くて、雪は斜めに降るものとばかり思っていたのに、名栗村の雪はまさしく天くだるという格好で、地に吸い込まれるように舞い降りてくるのだ。

この辺りは北かたに秩父の山々が連なっているので、それが季節風を防いでくれるのかも知れないが、風のないかわりに放射冷却現象というのか、晴れた日の夜明けの寒さは格別で、寝床のなかに居ても、頬が氷のように冷たくなってくるのには往生している。

神さまは試練のために、どうやら、良いことばかりは与えて下さらないものらしいが、つらいことはなるべく少ないように、主よ、今年もすべての家庭を、あなたの愛と平和で満たして下さい。

（3）

私の住む名栗村に、少し変わった男が一人いる。Kさんという名の、頭のてっぺんの薄くなった小柄な、風采の上がらないおじさんである。村で彼とまともに付き合っている人はほとんど居ない。

私のところへは普請の時からよく顔を見せていたので、初めは工務店の下働きかと思っていたが、どうも様子が違うようだ。で、棟梁に聞いてみると、

「あれは近所のぐうたら者ですよ」と言い、べつに雇ったわけではないが、勝手に手伝ってくれるので、遊び半分でも遣らせているのだという話であった。そして、近所の人も、あの男とあまり親しくせんほうがいいですよと教えてくれた。

見ていると、彼は妙に人なつこくて、いつも相手になってくれる人を探しているようなところがあった。寂しがり屋なのであろう。

だから、家が出来て私たちが引越して来ると毎日のようにやって来て、押しかけ職人のように、頼みもしないのに山から庭木を採って来て植えてくれたり、裏の河原から大きな石を運びあげて来て、庭や玄関先に配置よく並べてくれた。

付き合ってみるとKさんはお人好しで我が家にとって大変便利な存在だった。おもしろいことに、うちに女性の来客があると、彼は途端に愛想がよくなって、ハヤを釣って来てくれたり、

山菜を摘んで来て土産に持って帰れとすすめたりした。

しかし、働いてもらって無報酬では悪いと思い、少しでも小遣いをあげたりすると、Kさんはすぐワンカップの酒を買ってきて呑んでしまう。それで、お金を遣るのもどうかと考えて、お礼は品物で渡したり、お茶を入れてやったり、時には食事を一緒にしたりしていたが、近所の目にはそれが奇異にうつるらしく、「この頃、あの男お宅に入り浸りなんですってね」なんて、こっちまで変人扱いされる始末だった。

週末、Kさんは私たちが名栗に来ていることがわかると、朝からにこにこしながらやってくる。だが、その訪問の仕方がまったく手前勝手で、こちらが食事中であろうとなんであろうと、お構いなしに庭先へ回り込んできて、ガラス板越しに部屋のなかを覗き込むのだ。

或る晩の事だったが、私が風呂に入ろうと思って脱衣場で裸になっていると、明かり取りの窓の下をちらっと横切って行く人の気配がした。「Kさんだな!」と思い、一瞬、私の脳裏を掠めたのは、彼が風呂場覗きをするという悪い噂だった。私は、あれほど親しく付き合いはじめていたのにという裏切られたような気持と、用心しなければという警戒心で、しばらく凝然としていたが、そのうちに玄関のチャイムが鳴って、妻がいつにないきつい口調で応対している声がしていた。だがその声も聞こえなくなったのでほっとして浴槽に体を沈ませていると、妻が風呂場の戸口から顔だけ覗かせて、「Kさんなのよ、何時だと思っているんでしょうね、まったく……」と、いかにも困惑したように言う。

「で、帰ったの？」「うん、なんとか」「なんだった、Kさんの用ってのは？」「小聖堂の花が枯れているだろうからって、山から百合を採ってきてくれたの」「へえー」と答えたが、私はそのとき浴室の窓からKさんを見掛けたことは口にしなかった。早とちりの妻が、それだけで彼を「覗き」と決め付けてしまってはいけないと考えたからである。Kさんはいつものように居間の方から入ろうと思って庭へ回ったが、雨戸が締まっていたので、玄関へ行ってチャイムを鳴らしたに違いないのだ。

私は風呂から上がってから、また、妻とKさんのことについて話し合った。

「Kさんたら、うちに入れてもらいたいものだから、マリアさま拝ませてくれって言うの。だからお祈りを教えてあげたら、一緒に唱えて手を合わせて居たわ。わたしそれを見て、ロザリオを唱えながら、なぜだか涙出てきちまった」と妻がさっきの続きを言い出したからである。「酔っていたんだろう、Kさん」「ええ少し……」「それにしても、常識のないのは困ったものだな」

「あなたから注意してやったら。Kさん、あなたのこと先生だと思っているんだから」

「うん、わかった」と答えながら、私はフウテンの寅さんが出てくる映画の中のご前様の役回りになったような、くすぐったい想いがしないでもなかった。

「人には人それぞれの都合というものがある。他人の生活の歩調（テンポ）を乱すような行動をしてはいかんのだ。酔っ払って夜なかによその家を訪れるなんて言語道断だよ。それに、彼にはもっと労働の尊さ、遊びじゃないってことを教えてやらんといかんな」そんなことを喋っていると、「Kさんて幾つかしらねえ」と、妻がぜんぜん別のことを言い出した。話の腰を折るのは彼女の癖だ。

「老けて見えるけれど、案外、のり子と同じくらいかもしれないぞ」

私はなんとなくそう思ったのである。「じゃぁ午年（ウマ）？」「かもね」「嫌だぁ」

それから一週間後であった。私が二階の書斎で仕事をしていると、階下から妻の大きな笑い声が聞こえてきた。またKさんが来ているのだなと思っていると、階段を駆け上ってくる足音がして、

「Kさん、やっぱり午年なんだって、同い年。あははは」と、一頻り笑い転げたあと、「しかもよ、生れた月はって聞いたら十二月だって。日にちはって聞いたら六日だって言うんだもの、びっくりしちまった。二日しか違わないんだもの、こんなことってあるかしら……」

「ついでに血液型も聞いてみたら」と私がからかい半分に言うと、「うん」と頷いて彼女は階下へ降りて行ったが、すぐまた笑い声とともに駆け戻って来て、

「何だったと思う。おんなじなのよ、わたしと……」「やっぱりね」「何で？」「どっか似ているじゃないか」「嘘ォ」「似てるよ」「どこが？」

それ以上言い合うと喧嘩に成りかねないのでお互い黙ってしまったが、以来、Kさんはいよいよ遠慮がなくなり、反対に妻はKさんを少し敬遠し始めたようだった。私はこの辺で一度注意して置いたほうが良いと考えて、普段から思っていたことを、土いじりしながらKさんに話して聞かせた。

彼は子供のように照れくさそうにして聞いていたが、それからしばらく来なくなった。来なくなるとまた気懸かりなもので、どうしたのだろうと思って心配していると、或る日ひょっこり顔を出して、「この頃、俺、働きに行っているんだ」とKさんは言う。「ほう、偉いじゃないか」「日雇い人夫だけれどね」「人夫だって立派だよ」

それを聞いて台所から飛び出してきた妻は、「Kさん、頑張ってね。でも、Kさんがもし、アルスの聖人、ヨハネ・ビアンネのようになったらどうしよう」

早速、有り得べきもないことを本気で心配し始めているが、そういう短絡的なところが、うちのかみさんの可笑しさであり、誰かさんに似ているところだと言ったら、またおこられてしまうであろうか。

おかげでKさんの、うちへ押しかけてくる回数はめっきり少なくなったが、いまでも、小聖堂の花は欠かさず彼が届けてくれる。

（4）

目からうろこ

このごろ板橋教会の人たちに会うと、「Kさんその後どうしています？」とまるで身内の安否を気遣うかのように訊かれることが多い。そればかりか、時には「いちどKさんていう人に会ってみたいですね」なんて、興味ありげに言われるものだから、こっちも、つい調子に乗って、それほどKさんが話題の主になっているのなら、いっそのこと、彼を板橋教会に連れて行って、ごミサを見学させてみたらどうだろうと、両者の反応を面白半分に考えて、先日、例によってKさんがぶらりとうちにやって来たときに「Kさん、東京へ行ったことあるの？」と縁先で茶を入れてやりながら訊いてみた。

すると、「行ったことはあるがよぅ、ずっと昔のこったから、もう覚えてねえなぁ」と、ちょっと恥ずかしそうな笑いを浮かべた。

「昔って、いつごろのことなの？」

「東京タワーが出来て間なしのころ学校からバスで行って、議事堂も見たな」

「じゃあ、修学旅行かなにかで行って、東京見物して来たってわけだ」「うん」「それからは？」

「行ったことねぇな」「へぇー」私は目を丸くして、脇にいたかみさんと思わず顔を見合してしまった。

いくら名栗が辺鄙な山里だとは言っても、二時間半もあれば都心へ出られる距離にいて、大人になってから一度も東京に出たことがないというのは、いかにもKさんらしい話である。

小鳥の餌一袋買うのにもKさんは自転車で飯能まで出掛けて行く。ひょっとしたら、彼は電車にも乗ったことがないのではないだろうか。

「Kさん、東京へ行ってみたいとは思わないの?」

と、かみさんが横から口をはさんだ。

「でもなぁ、行けやしねえよ、おれ」Kさんは諦めたようにいう。

私は、つい、可哀想になって、

「いちど連れてってやろうか、Kさん」

思わず日頃の計画を口に出してしまったのである。

「そうよ、そうしてあげたら?」

と、かみさんも幸い賛成のようだ。

でも、Kさんは無言であった。どう返事してよいのか、戸惑っているのであろう。彼にとって東京は、外国へ行くのと同じくらい遠くに思えているのかもしれない。

「遠慮しなくてもいいよ、その日は一日付き合ってあげるから、はとバスにでも乗って、東京見

物してきたらいい」とか
「いいなぁ、わたしも連れてって。だって、わたしまだ、はとバスに乗ったこと無いもの」とか
みさんも大乗り気だ。「良し、きまった。じゃあすぐというわけにもいかないけれど、おりをみ
てな」「うん」Kさんは子供のようにうなずいて何か遠くを見詰めるような目付きをしていた。

それからもうふた月が経つ。Kさんは
「先生、いつ連れてってくれるんだ？」
と、会うたびごとに催促するが、日にちが過ぎてみると、だんだんこっちは億劫になってきた。
八月は「小説現代」の新人賞の原稿の選考と、陶芸展が重なって疲れぎみだったせいもあるが、
Kさんにせっつかれると、腹立たしくさえなってくる。それに、彼を東京へ連れていくとなる
と、まず泊るところから考えなければならない。東京の狭いマンションの一室で、かみさんと
三人枕を並べて寝るというわけには行かないし、信者でもないKさんを、教会にお願いして泊
めていただくというのは虫が良すぎる。

そうなると、どこかに宿をとらなくてはならないが、若い女の子を連れ込むのと違って、K
さんとのアベックではあまりパッとしない話である。

私は無意識のうちにKさんを避けるようになっていたのかもしれないが、kさんもなんとな
くこのごろ遠慮するふうが目立つようになった。

しかし、言いだしっぺはこちらなのである。純真なKさんを裏切るわけには行かないのだ。

かみさんに相談したら、

「なにも大袈裟に考えることないんじゃない。Kさんを教会に連れていこうと思うから間違いで、みんなの前に連れていったら、Kさん見世物がわりになって、かえって可哀想よ。それより、名栗を朝一番のバスで出て、東京をぐるりと一回りして、最終バスで帰ってくればいいのよ、簡単じゃない」

成程、至極明快である。

「あったまいい〜ィ」って褒めてやったら「あったりまえよ」だなんて、そっくり返っていたが、私自身、不遜にも、Kさんを興味の対照としてしか見ていないところがあって、妻の一言で、目からうろこがぽろりと落ちたことは事実であった。深く反省しなければなるまい。

Kさんとの東京行きは、十月に予定している。

Kさんの東京見聞録（名栗村から）

その日の朝、Kさんは約束の時間より四十分も早く私の家のチャイムを鳴らした。外はまだ明け切っておらず、ほのぐらい頃なのである。扉を開けてやるとKさんは門灯の明りの下に、にこにこしながら立っていた。

「早過ぎるじゃないかKさん。こっちはまだ支度ができていないよ」と言うと、「うん、でもな、おいていかれたら大変だと思ってなぁ」と、Kさんはそわそわしているふうであった。

「おいて行く訳がないじゃないか。きょうはKさんを案内するために東京へ行くんだよ。前からの約束だったものな。それより、朝めしはちゃんと食べてきたんだろうね」「うん」「じゃぁ上がって、一服してなよ、すぐ支度をするから」

私はKさんを居間に通すと、台所の後片付けを済まして、着替えに掛かった。

あいにく今度の週末は、かみさんが不在なので全部自分でやらなければならないのである。支度ができて二階から降りてきてみると、Kさんは居間で、ひさしに金糸の刺繍のついた真新しい帽子をかぶって、それを雨戸の締まったガラス戸に映しながらポーズをつけていた。

「おっ、いかすじゃないかKさん」

私がからかうと、彼は照れながら、

「三日前、自転車で飯能まで行って買ってきたんだが、無くすといけないから名前を書いてきた」と言って、帽子の裏側を見せてくれた。筆がきの楷書で、Kさんのフルネームが書いてあったが、しっかりとした素直な字である。自分で書いたのだと言ったが、Kさんは絵なんか描かせてもなかなかうまい。

「さて、支度はできたが、ここでこうして待っていてもつまらないから、予定より前のバスで出掛けようか。今からだと九時には池袋に着くだろうから、はとバスの出発の十時まで、サンシャインビルのあたりをぶらぶらしててもいいしね」「うん」Kさんは返事と同時に、もう待ち兼ねていたように立ち上がっていた。それにしてもKさんは軽装であった。こざっぱりした灰色のジャンパーに、折目の付いたズボンこそはいていたが、包みひとつ持っていないのである。そうなると革のショルダーバッグを肩にかけ、カメラを手にさげている私のほうが、よっぽどお上りさんぽい風体だった。

玄関に鍵をかけて通りに出ると、Kさんは先に立ってバス停に向かってとっとと歩く。

朝霧の立ちこめているなかを、両手をズボンのポケットに突っ込んで両ひじを張り、やや肩をこごめて体を揺さぶりながら歩いて行く彼の姿は、後ろから見ていると、なんとなくチンピラやくざのスタイルを彷彿とさせて、私はこれから先の東京案内にいささかの危惧を覚えずにはいられなかった。

早朝のバスの乗客はほとんどが高校生たちであった。名栗村には中学校までしかないので、高校生になると、この早い時間のバスで、最短距離でも飯能市まで通っていかなければならないのである。

私は出来ることなら、二人がけの席にKさんと並んで腰掛けたいと思っていたが、後部にあるその席は学生たちに占領されていたので、やむをえず、乗車口に近い中央部の一人がけの席に、Kさんと前後に並んで腰を下ろした。

バスが発車すると、すぐ右手に名栗川をはさんで我が家が見える。ちゃんと戸締まりをしてきたかな、などと思いながら、私がそっちを見ていると、

「のり子さんは東京で待ってるのか？」

と、Kさんが振り返ってぼそりと聞いた。一緒に行くと言っていた家内が来ていないのが、ずっと気になっていたのであろう。

「あぁ、かみさんはちょっと用事が出来てね、残念ながら、きょうは行けなくなってしまったんだよ」そう言うと、「そうか、しょうがねえなぁ」Kさんはひどくがっかりしたようすだった。

バスは紅葉の色づきはじめた渓流ぞいの県道を、右に左に大きくカーブをきりながらゆっくりと進んで行く。Kさんにとっては見慣れた景色かもしれないが、自転車で通るのと、バスで行くのとではだいぶ感じが違うだろうと、こっちが彼の心中を思い遣っているのに、ご当人は

何を考えているのか、まるで外なんか見ていないようだ。後ろからKさんの首の動きを見ていると、窓がわを向くのが三秒、車内を見回すのが七秒、三対七の割合でしょっちゅう首が回転し、すこしも目線がじっとしていないのである。

そのうちに一停留所ごとに乗客の数が増してきて、通路もいっぱいになり、Kさんの脇にOLらしい若い女性が押されてきた。そのために彼の車内を見回す視線が遮られたので、さてどうするかなと見ていると、今度は頭の動きが上下に変わった。つまり、ちょっと窓のほうを向いても、すぐ目をそらして、女性の顔を下から覗くように見上げるのである。

上から見下ろされているのなら気付かないということもあるであろうが、下からの視線には、たいがい誰でも気付きやすいものだ。女性は窓外に目を向けてそしらぬ振りをしているが、きっともう中年おとこの変な視線に気が付いていて不快感をいだいているにちがいない。そう考えると私はたまらなくなって、気をそらすためにKさんの肩を指で小突いた。

「自転車と違ってバスだと楽だろう」

「そうだなぁ」

話し掛けると返事に気が取られてか、案の定、彼の女性への見向きがようやく止まった。

「どのくらいかかる？　飯能まで」「そうだなぁ、一時間ちょっとくらいかな」「そう、そんなものなの。バスとそう違わないんだね。もっとも、Kさんの自転車はスポーツタイプで速いんだものな」「うん」「でも酒を飲んだら気を付けないと駄目だよ。Kさんは以前、転んで崖から河原へ落ちたことがあるんだろう。水があったら溺れ死んでるところだ」「そうだな」と言ってKさんは頭を掻いたが、その事故で彼は上の前歯を二本折って、それはそのまま、今もほったらかしの隙っ歯になっているのだ。

私はそのあとも、なんだかんだとKさんに話し掛けて、ともすれば女性に迷惑を及ぼしかねない彼の関心をそらし続けたが、飯能についてバスから降りる時、料金分の回数券をちぎって渡してやると「バスって高いんだなぁ、先生」

わが愛すべき隣人は、欠けた前歯をむき出しにしてにやっと笑い、新調の帽子を取って「わるいなぁ」と、かすかにひとつお辞儀をした。

飯能発の西武電車に乗ってからも、相変わらずKさんの関心事は乗客だった。私は、女性の乗客が近くに来ないことを念じながら、なるべく隅っこの席を選んで腰掛けたのであるが、土曜日でも結構出勤の人は多くて、座席は七、八分ふさがっていた。だから、Kさんは観察の対象には、ことかかなかったのである。

彼は通路をはさんだ対面の乗客の顔と服装を端から丹念に眺めていき、それが終わると、今度は左隣りに首を転じる。

Kさんの脇には中年の紳士が腰掛けていて、ブックカバーをかけた文芸書をひらいていたが、Kさんがときどき、ちらっちらっとそっちを向くものだから、「えへん！」と咳払い一つ残して、隣りの車両へ移って行ってしまった。

「Kさん、あんまり人の顔をじろじろ見るものじゃないよ。それに、これから先はだんだん込んでくるから、足を組むのはやめたほうがいい、迷惑だからな」

私はそっと、Kさんに注意をした。

「うん、わかった」と、彼はかしこまって、それからしばらく我慢をしていたようだが、数駅過ぎると、また、足を組んで、きょろきょろ辺りを見回し始めた。

考えてみれば、名栗村を出てからもう一時間半以上経っているのだ。いつも自然のなかを自由に歩き回っていた野性人は、人いっぱいの動く箱のなかに押し込められて、その窮屈さに、耐えられなくなっていたのかもしれない。

「どうした？　疲れたんだろう」と聞くと、「いや、そうでもねえ」と答えていたが、彼の緊張は、池袋駅に到着するころには、まさに極限に達していた。

おまけに、この日は週末だったから、電車を降りると、駅構内は、出口に殺到する降車客と、これから行楽に向かおうとする乗車客でごったがえしており、うっかりすると、Kさんを見失いかねない始末だった。

「Kさん、しっかり掴まっておいでよ」

私は小柄なKさんの肩に手を回して、かばうようにしながら雑踏のそとに連れ出したが、駅ビルの表に出ると、デパートはまだ開店前で、舗道は比較的すいていた。

「さぁ、着いたよ、Kさん。ここが西武百貨店だ。あれをバックに、まず一枚、記念写真を撮るか」「うん、そうだな」

カメラを向けてやると、Kさんの顔からようやく緊張の色が消えていった。

私たちはそれから、サンシャインシティに向かって、ゆっくりと歩き出した。はとバスの出発まで、その辺をぶらつこうと思ったからである。

時間がたっぷりあるので、大回りをして、銀行や保険会社の多い並木通りを歩いて行くと、むこうから若い女性たちが数人、駅に向かって急いで来た。いかにも、OLらしい颯爽とした歩きぶりだ。

私などは、美しい女性に面と向かうと照れて目を反らせてしまうが、やまが育ちのわが隣人は、まるで天使の群れに出会ったかのように、ぼう然と舗道の中央に立ちつくし、彼女たちが脇を通り抜けて去って行くのを、わざわざ振り返って見送ったものだ。

「Kさん、いい加減にしろよな。人をじろじろ見るなって前にも言っただろう」

私が近付いてその頭を、こつん！　とやると、彼は首をすくめてベロを出したが、しばらく行って高速道路下の、やや人通りのとぎれた道に出た途端、いきなり、車道との境の植込みに向かって走り寄って行ったかと思うと、腰を構えて、ズボンのチャックを下ろしはじめた。

「おい、おい、Kさん！　駄目だよ、駄目だよ！　ここは名栗村じゃないんだからな。そんなところでオシッコしたら、たちまち軽犯罪法で捕まってしまうぞ」

私はあわててKさんの腕をつかんで、こちらへ向きかえらせたが、

「我慢できねえ」Kさんにそう言われると、私は、早くも神さまの試練が始まったのかと思った。

「ばかだなKさん。なんで、駅に着いたとき、そう言わなかったんだ」

私は、道端でのKさんの突然の生理的欲求に対して、思わず文句を言ってしまった。するとKさんは口をとがらせて言ったものだ。「だって、先生は俺の腕をつかまえて、どんどん来ちまうんだもんな」「そうかそうか、そいつは気が付かなくてごめん。でもな、なんとかトイレのあるところまで我慢してくれないと困る」

私とKさんは、急いでサンシャインシティを目指したが、その手前の高速道路下にある横断道路の信号が、赤に変わって、青になるのがやけに長い。Kさんがじりじりして、信号を無視して渡り始めようとするのを押し止め、青を待ってやっと向かいのビルへ駆け込んだ。

まさに危機一髪、おもらし寸前のKさんだった。それなのに、用をたして地階のトイレから出てくると、

「きょうは天気になって、最高だよな。こんな日にゃ、ばかばかしくて働いてなんかいられないよな」などと、彼は脳天気なことを言い出した。だから、つい、「しかしKさん、平常働いているからこそ、遊ぶことだってできるんだよ。Kさんのおふくろさんだって、こないだ僕がKさんを東京へ連れていっても良いかって断りに行ったとき、Kやどうする？　連れていってもらうなら、ほかの日、ちゃんと働かなくちゃ駄目だぞって言っていたじゃないか」と、私の説教癖が出てしまう。

地階からいったん表へ出て、北側の幅広い外階段を三越のほうへ向かって上っていくと、右手に六十階の建物が、窓ガラスに青空を映してそびえていた。

「すごいなぁ。こんなのこしらえるのは容易じゃないな」

それがKさんの感想だった。

Kさんはこの頃、お天気さえよければ毎日まじめに働きに出ているらしい。地元のS建設で、ブロック積みを手伝っているということだったから、彼は自分の仕事と引き比べてみて、これを造るのは容易じゃないと考えたのだろう。

広いおどり場みたいなところに着いて「たばこ吸ってもいいいか」と聞くから、「吸い殻落しの

ある場所でな」と答え、目をすぐ近くの地上に向けると、そこに小さな公園があって、ビルの日陰になっていた。池があり、夏には築山の急斜面から涼しげに水が流れているところだ。しかし今は季節が晩秋。淀んだ池の水底には青藻が溜って、上から見ると、それが飛び石状に黒く見える。

「ありゃぁなんだ？」「水苔だろう」「苔か。きたねぇなぁ」「そりゃぁ名栗の川の水みたいなわけにはいかないよ」「そうだなぁ」

Kさんの一服が終ったので、私たちはそこの階から建物の中に入り、エスカレーターで、また階下へ降りて行ったが、二階で、彼がなかなか降りてこないので振り返ってみると、後から来た若い女性に先を譲ってやっているところだった。

「すみません」

連れとわかって、女性が私に頭を下げて通り過ぎて行ったあとから、Kさんがにやにやしながら降りてきたので、

「Kさん、親切だな」と私が冷やかすと「レディ・ファーストだもんな」

帽子をかぶり直して、Kさんは英語を使った。「負けたよ、Kさん」

私は腕時計をみて、地下道を東急ハンズのほうへ通り抜け、はとバスの乗車場所であるG銀行のまえへ道を急いだ。十時十分前が乗客の集合時間である。

先日、乗車の予約をするときに、
「お客さんが六人以下だったら採算が取れませんので、悪いけど新宿から出るほかのバスに、途中で乗り換えて戴くことになります」と案内所の人に言われていたが、はたして何人集まっただろうか。

せっかく早めに申し込んで、座席番号1C1Dという最前列を確保したのに、そう思いながら、バスの停まっているところへ行ってみると、集合時間まじかだというのに、バスガイドの女性もまだ来ていなくて、運転席に、運転手だけが、ぽつねんと座っているだけであった。

「このバス、なんだか、名栗のバスよりすいているなぁ」

Kさんは何でも、村のことと比較してものを考えるようだ。「そうだなぁ」と私の答えもKさんふうになる。

「とにかく、乗車記念に写真を撮ろう」

私は、彼を停車中のバスの正面に連れて行き、バンパーのまえに立たせてカメラを構えたが、

「お客さん、お乗りになるんですか」と、横から不意に声を掛けられて振り向くと、赤い制服制帽の女性が近付いてきて笑っていた。

「はいはい、乗ります、乗ります」

私はあわててシャッターを切り、胸ポケットから予約の乗車券を取り出した。

するとと、はとバス嬢は、

「申し訳ありません。お申し込みの人数が六名様に満ちませんと、このバスは周遊できませんので、つぎの靖国神社で、新宿から来た、ほかのバスに乗り換えて戴くことになります」というのである。「仕方ありませんな」と了解してそのバスに乗り込んだが、気が付くと、運転席の後ろに、一人だけ女性の乗客が乗っていた。私たちが写真を撮っているあいだに乗車していたのであろうか。女子大生らしい若いお嬢さんである。

あぁまた、Kさんをそわそわさせることになってしまったな、と思いながら、私は意地悪をして、彼を、女性の顔が見えない反対側の窓際の席に封じ込めてしまった。——が、なにもその必要はなかったようだ。なぜなら、すぐに、さっきのバスガイド嬢が搭乗してきて、「本日は、はとバスにご乗車下さいまして有り難うございます。この車は東京観光一日Cコースでございます」と、にこやかに説明をはじめたからである。当然Kさんの視線はガイド嬢ひとりに独占される。しかし、バスが走り始めてからのガイド嬢の案内はおざなりだった。乗客がたったの三人では、まじめにガイドする気にもなれないのかな、などと初めは勘ぐってみたが、どうもそうではないらしい。察するところ、彼女はわれわれを乗換えのバスまで送り届けるだけの、いわば繋ぎで、まだ見習いなのか、喋り方にどこかたどたどしいところがある。

代りに私がKさんに、左が護国寺で、そこを曲がると音羽通りといって出版社の多いところだ、などと説明してやっていると、それが聞こえたのか、

「お客さん、どちらからいらっしゃったのですか?」と聞くから、「名栗村って言っても知らないだろうなぁ。埼玉県の秩父に近い山奥からですよ」と言うと、「それにしては東京お詳しいのですね。まえに、こちらにお住まいだったのでしょう」と世辞を言うから、「なぁに、僕が詳しいのは戦前のことで、この道にまだ路面電車が走っていた頃の話ですよ」と少しオーバーに応えてやると、「えー、お客さん、そんなお年なんですか」と、びっくりしたような顔をした。

バスは江戸川橋を左に折れて、神田川沿い飯田橋へ出、九段下から坂を上って二十分程で靖国神社に到着した。

見ると、境内の駐車場には、七、八台の大型バスが停まっていて、すでに参詣を済ませて、つぎのコースに出発していく組もある。私たちはそこで、乗換えのバスのガイド嬢に引き合わされた。

「よろしくお願いします。こちらの男性のお客様二名と、女性のお客さま一名。女性の方は終着の新宿で、お友達の方が迎えにみえておられるそうですから」「わかりました。ではお客さま、ごゆっくり参詣なさって、十時五十分迄に、こちらの三一一号のバスにお戻り下さい」

ガイド嬢といえば、観光客の先頭にたって案内するものとばかり思っていたのに、私たちは

そこで、あっさり突き放されてしまったのである。仕方がないからKさんを伴なって拝殿のほうへ歩いて行くと、同じバスに乗っていた例の女子大生らしいお嬢さんが、心ぼそげに、あとから付いてくるではないか。

「あの娘、俺たちのあと付いてくるぜ」

Kさんが立ち止まって、気になるように私に言った。そうなると私も知らんぷりをするわけにはいかない。

振り返って彼女が近付くのを待って、「どちらからいらっしゃったのですか」とたずねると、その女子大生らしいお嬢さんは、すこし硬い口調で、「クワンコク」と言った。

「くわんこ?」私が聞き返すと、明らかに彼女の瞳に困惑の色がうかんで、

「クワンコクです」と言うから、「あ、韓国ね」と、ようやく解って、「あの、日本語わかりますか?」と、重ねて聞くと、彼女は胸の前で掌を横に振って、解らないというジェスチャーを示した。

「あぁ、そう。それはそれは」

今度は私が困惑する番であった。

私はあとの言葉が続かず、Kさんと並んで拝殿に向かった。

靖国神社は、戊辰の役以後の戦争で死んだ軍人を祀ってある社であるが、ここには私が海軍の気象部にいた頃の先輩の技官も何人か眠っている。しかし、その大戦で日本は近隣の国の人たちに大きな被害を与えているのだ。いま、私がぬかづく背後に立って見ている韓国人の女子学生は、いったい、この神社にどんな感慨をいだくであろうか。

複雑な想いで参詣を終えて、私たちが大村益次郎の銅像のある方へ歩いて行くと、彼女（仮に名を李さんということにしておこう）もあとから付いてきた。

レディファーストのKさんが、ときどき足を緩めて、李さんに何か話しかけるが、李さんはもちろん何も答えられない。私も、もし彼女が少しでも日本語が解るのだったらと思いながら、なるべく易しい言葉を選んで境内を説明してまわり、バスのところに引き返してくると、「お帰りなさい。お疲れさま」と、引き継いだガイド嬢が待ちうけていた。

新宿からの乗客はもう全員座席に就いていていて、私たち三人が指定されたのは、中央部の右側の席であった。Kさんを窓際にして、ふたりが前に座り、李さんが後ろの窓際の席に腰を落着かせると、バスは間もなく出発した。

次の目的地は浅草である。

日本武道館の六角屋根を右に見て九段坂を下り、神田神保町の古書店、小川町のスポーツ用品店、秋葉原の電気器具店など、専門店の集まった町並をいくつか過ぎて、上野から駒形通りに入ると、右側にはずらりと仏具店が並んでいた。

「神保町の古本屋さん、この辺の仏具屋さん、どちらも片側だけに同じような店が並んでいるのにお気付きでしょうか。それは店の品物が傷まないよう、日当たりを避けるためで、北向きにお店を構えた、昔からの商人の知恵でございます」

乗換えたバスのガイドさんはベテランだった。流暢なお喋りのうちに、バスは馬道から言問い通りを回って、浅草寺の裏手の、広い駐車場に入って行く。

バスが止まると、Kさんがまた、オシッコに行きたいと言い出した。私が、

「Kさん、そんなに近かったかなぁ」と首を捻ると、「いつもはそんなんじゃねえんだがよう、なんだか、運動会のかけっこの前のときみてえに、すぐ行きたくなっちまうんだ。こまっちまうよな」

Kさんはやはりまだ緊張しているのであろう。私が駐車場の遥かかなたにW・Cの看板を見つけて教えてやると、彼は奴っこだこのように肩を互い違いに揺すりながら、まえを押えて駆け出して行ったが、用をすますと、今度は脱兎のごとく走ってきた。

「置いてかれたら、ひとりじゃ帰れないもんなぁ」「おいていきはせんよ」

私たちの会話が解ったのかどうか、李さんが笑いながら、観音さまの本堂の方を指差し、手を合わせて行きましょうという素振りをした。もはや彼女は完璧に私たちの隣人だった。

それにしても、私たち三人連れは、はた目にも奇異な組み合わせにみえたであろう。宗匠頭巾に似た茶色のシープベレーをかぶった半白髪の老人と、年令不詳の小男のカップルでさえ珍妙なのに、そこへ、図らずも、年若い韓国生まれの麗人が加わってきたのであるから、ちぐはぐな感じは否めようもなく、言葉が通じないというハンデもあって、正直なところ私は、またひとつ余計な荷物を背負わされたような気がしないでもなかった。……が、頼られた以上、そんなことを言ってはいられず、とにかく、観音さまにお参りをすませて、ぶらりぶらり、雷門の方へ歩いて行った。

ちょうどお昼前の賑わいどきで、仲見世通りは混雑していた。とても三人が肩を並べて歩けるような状態ではない。私が前から来る人波をわけて先頭にたち、そのあとをKさんが続き、遅れて李さんがついてくる。はぐれないように、時々ふりかえって見ると、KさんはKさんで離れそうになる李さんを気遣って、立ち止まって、待ってやったりしているのだった。顔に似ずやさしい男だ。

雷門をでたところで写真を撮って、また仲見世通りを引き返しながら、

「Kさん、お母さんにお土産買って帰らなくてもいいのか?」と聞くと、

「そんなもん、いらねえ」と彼は首を振ったが、「そうはいかないよ、Kさんがお土産買って帰

ったら、おっかさん泣いて喜ぶぞ。おっかさん、歯は良いの?」「よくねえな、入れ歯だ」「それなら、雷おこしより人形焼きがいいよな。甘いもの好きなんだろう」「うん」「じゃぁ、買っていきなよ」

仲見世のなかほどにある一番人だかりのしている店に寄って、箱詰めの人形焼きを包んでもらっていると、李さんも、こけしの形をした小さな奇麗なお菓子を見付けて、何かいいたそうにしているから、よっぽどついでに買ってあげようと思ったが、万が一Kさんの口から、うちのかみさんの耳にでも入ったら家庭争議のもとだと考えてやめてしまった。

あとで、名栗へ帰ってからそのことをかみさんに話したら、

「ばかね、その人、美人だったのでしょうに、せっかくの、日韓親善のチャンスを逃してしまったじゃないの」と、一笑に付された。

余談はさておき、再び浅草寺の境内に戻ってくると、薬師堂の前の広場に鳩がいっぱい群れていた。父親に付き添われた幼児が、しゃがんで豆をやっており、人に慣れた鳩は、親子の手元にまで集まって豆をついばんでいるのである。

それを見ると、Kさんはいきなり鳩の群のなかに入って行き、しゃがんで、小石を拾って、ぱらぱらと餌のように撒き始めたが、鳩は近寄るどころか、この得体の知れない侵入者を避けて、いっせいに遠くに移動して行ってしまった。

「頭にきたなぁ」

そうつぶやくと、今度はKさん、立ち上がって、両手を広げ、走って鳩を追い掛けようとする。近くにいた数羽の鳩が驚いて空にむかって飛び立った。

「おい、Kさん！　駄目、駄目。何てことをするんだ」と、私が叱ると、Kさんはしゅんとなったが、韓国女性の李さんの目には、この時の彼の姿がどのように映っただろうか。私はそれが気になって仕方がなかった。

腕時計を見ると、そろそろ集合時間が迫ってきていたので、私は、ふたりを促してバスに戻った。

座席に付いたとき、私は朝が早かったので、かなり空腹をおぼえていた。

「Kさんもおなかがすいただろう。次の場所で多分、食事になると思うのだが、缶ジュースでも買おうか」というと、

「俺、いらねえ、また、オシッコしたくなると困るから」と柄にもなく遠慮をした。

定刻に浅草寺を出発したはとバスは、入谷から首都高速の一号線に入って江戸橋インターを越え、京橋、新富町の都心環状道路を経て、東銀座で晴海通りに出ると、歌舞伎座前を通り過ぎ、初めての人には憧れの銀座もどこだか解らないほどのスピードで、有楽町、日比谷を回っ

て、あっけなく皇居前広場に到着した。皇居前広場の東南の端には、明治三十三年に住友家が宮内庁に献上した高村光雲製作の楠公銅像が立っている。楠公と言っても今の若い人は知るまいが、むかしは七生報國の大忠臣と言われた武将、楠正成のことである。その楠公銅像のすぐむこうに、バスが十数台停まれるような広い駐車場が出来ていて、そこには大きな休憩場の設備があった。

係の人とガイド嬢の間で、食事を先にするか、案内を先にするかで揉めている様子だったが、結局、食事を先にすることになって、バスの一行がぞろぞろと食堂のなかに入って行くと、室内には、背もたれのあるパイプ製の椅子に挟まれた長いテーブルが、行儀よく何列にも並べられていて、奥の一郭のテーブルの上には、すでに、松花堂弁当と、蓋付きの汁椀が用意されているのだった。

私とKさんが窓よりの席に並んで腰をおろすと、李さんも私たちの前の椅子を選んで座り、すぐに、湯呑みと土瓶を運んできて、熱いお茶を注いでくれた。「アリガトウ」と言うと、李さんは韓国語で何か答えたが、解らなくても、彼女のにっこりした笑顔から推して、たぶん「どういたしまして……」という意味のことを言ったのであろう。

空腹になっていたので、食事はおいしかった。あらかた平らげたところで、Kさんの弁当を覗き込むと、きれいに食べ終わっているのに、鰤の照焼きだけが半分、歯がたを付けたままで残っている。「どうしたの？　それ、嫌いなの？」聞くと、Kさんは、前歯の欠けたのを見せて、へへへ……と笑った。

「ああ、そうか。Kさんは、一番おいしいものを、一番最後まで取っておくんだったな」

彼はうちで食事を出してやった時にもよく、そういう食べ方をするのだった。私にも同じような癖があるので、Kさんのことを笑えないが、大勢の姉妹の中で育ったかみさんなんぞは反対で、

「おいしいものから先に食べなければ、もし、途中で地震でも起きて、食べそこなったら、損しちまうじゃないのよ」

なんて、可笑しなことを言う。

Kさんは、大事に残しておいた鰤の照焼きを、最後にひとくちに頬張って、おおいに、満足したようすだった。

食事が終わると、私たちは、一服するいとまもなく、せきたてられて、ガイド嬢のあとに従って二重橋前に向かった。

いままでの所は、靖国神社も、浅草も自由行動だったが、ここでは一団となって歩いて行くのだ。そのために、初めて気が付いたのだが、私たちのグループは大半が台湾の人たちで、日本人の観光客は少数だった。はとバスのお客も、近ごろずいぶん国際的になったものだ。

二重橋を見て、バスに戻りながら、

「広いなぁ」と、Kさんは空を仰いだ。

冬場だと、山のうえから九時過ぎにやっと日が出て、三時にはもう陰ってしまう名栗村の狭い空に比べたら、皇居前の芝生のうえの天上は、五倍も六倍も広々としていて、遠くの高い建物も、ここからはみんな小さく見える。

右手に東京タワーを見つけて、「今度は、あそこへ行くのか?」と聞くから、「そうだよ。Kさん、二度目だよな。前に来たときのこと、覚えているか?」「覚えてなんかいねえ」

「そうか。それなら今度は、じっくりとよく見て帰って、おっかさんにも話してあげるんだな」

「うん」Kさんは私にVサインをだしてみせた。

皇居前から東京タワーまでは、御成り道を行けばそう遠い距離ではない。しかし、はとバスは祝田橋を右に曲がり、警視庁前から、三宅坂を経て、国会議事堂正門前につき当たると、左折して、再び霞が関の官庁街の方へ下りて行き、日比谷公園の手前の家庭裁判所のところから右に曲がって、愛宕神社の前を通り、芝山内の坂を上ると、展望台の入り口前にある広い駐車場のなかに停車した。

バスを降りると、目の前に白と朱に塗り分けられた鉄骨の塔が聳えており、横手に回って、雛段のようなところで全員で、観光の記念写真を撮らされると、そこで十五人くらいずつに区切られて、二基のエレベーターに載せられた。

地上百五十メートルの大展望台までは訳もない。エレベーターを降りると、観光客たちは、それぞれ、景観をもとめて窓際の手摺に寄って行った。晴れているので素晴らしい眺めだ。

東京湾から、浦安側はもちろん、遠く目を左手に移していくと、筑波山までが望まれて、皇居の上のほう、日光方面の空だけが、かすかに靄に煙っていた。

Kさんはと見ると、彼は案内のパンフレットのパノラマ写真と、実際の展望とを見比べながら、あっちへうろうろ、こっちへうろうろ、そのうちに疲れたのか喫煙所の腰掛けのところへ行って、たばこを喫いながら、よせばいいのに、そこに居た赤ん坊連れの田舎のおばさんみたいな人の脇に立って、抱かれている児に居ないいない、ばぁをやりはじめた。

赤ん坊はにこにこしていたが、たばこの煙が流れるものだから、おばさんのほうは迷惑そうだ。

「Kさん、こっちへおいでよ。名栗の方が見えるぞ」と、私が呼ぶと、

「嘘だべ?」たばこを消して、彼は疑い深そうに私のそばにやって来た。

「嘘なものか。名栗湖の奥の有馬山や、棒の峰に登ると東京タワーが見えるって言うから、こっちからだって、有馬山や棒の峰が見えるはずじゃないか」

「そうだな」Kさんが二の句が継げなくていると、そこへ李さんが寄ってきて「アソコ、フジヤマ？」

秩父連山よりずっと左のほうを指差して、小さな声で遠慮がちに聞いた。

箱根山越しに、少し逆光線ぎみになった富士山が、笠雲のようなものをかぶって黒く見える。

「イエース、マウンテン・フジ」

私は言ってしまってから、苦笑がわいた。彼女は韓国人なのである。英語が出来るものと勘違いして、もしも英語で話しかけてこられたら、それこそこっちは面食らってしまう。

展望台めぐりは早々に切り上げて、一階階段を降りると、そこから下りのエレベーターに乗って四階まで降り、ショールームや、ゲームセンターなどを覗き見しながら、時間をかけて階段を二階の出口までくだって行った。

しかし、まだ、バスの発車まで間があるようだ。表に出ると寒そうなので、私たち三人は、ドアの内側に腰掛けがあるのを見つけて腰を下ろしたが、すぐに李さんが立ち上がって、私の横にハンドバッグを残したまま、後ろの売店のほうへ歩いて行った。

トイレかなと思っていると、ジュースの缶を一つ買って戻ってきて、飲みますか？　というようなジェスチュアをするから、要らないと断わったつもりだったが、彼女がまた姿を消したので、

「おいKさん、あの人、ジュースを買いに行ったみたいだから、行って、これでお金を払ってきてあげて」と、Kさんに五百円渡して言い付けると、彼も後を追いかけて行ったが、やがて、ふたりで缶ジュースを三つ持って帰ってきた。

「おつりは？」とKさんに聞くと、彼はきまり悪そうにポケットからさっきの五百円玉を取り出してみせる。私は李さんに悪いことをしたと思った。

東京観光の最後の見学場所は、NHKである。六本木や、青山、表参道など、ファッショナブルな街筋を通り過ぎ、バスは、代々木競技場の脇から、放送センターに入って行った。が、あいにく、その時間、テレビのスタジオは一つも使われておらず、収録の現場を、一目でも見ようと楽しみにして来た人たちは、すっかり期待を裏切られてしまった。

仕方なく、放送設備や、古いドラマのスチール写真、使用した衣装、小道具などを見ただけで、元のバスに戻ってきたが、Kさんにはほんのちょっぴり収穫があった。それは、映像実験のコーナーでモニターテレビの画面に、ポンキッキの人気者と一緒にKさんが映し出されたことである。むろん、合成によるトリックなのだが、その場面は私がカメラに収めておいたので、彼には後々まで、いい思い出になるであろう。

李さんは、放送センターの中でも、私たちのそばを離れなかった。東京タワーでジュースを買ってもらったお返しに、構内の売店で板チョコを買って渡すと、彼女は、はっきりした日本語で、「アリガト、ゴザイマス」と、礼を言った。その声は透明で、こころよく、いつまでも私の耳に響いた。

神南を出たバスは、初台から副都心へ入り、林立する超高層ビルの間を一巡して、いよいよ新宿東口の終点に向かう。「みなさま、ながらくのご乗車、お疲れさまでございました」はとバス嬢のねぎらいの言葉に送られて、バスを降りると、観光客たちはそれぞれのグループごとに、黄昏の街に散って行った。しかし、李さんはなかなか降りてこない。バスのなかを透かして見ると、ガイド嬢と何か立ち話をしているらしかった。私たちは気になりながらも、バスを離れて歩きだしたが、少し行って振り返ってみると、バスを降りたところで、彼女が大きく手を振っていた。

「さよなら」と私が言うと、Kさんも負けずに、「さよぉなら」と言った。「サヨナラ」という言葉が、彼女の方からも返ってきた。

Y銀行の角を曲がって、李さんの姿が見えなくなったとき、

「あの人、おとなしい人だったな、俺がなに聞いても、喋らないんだもんな」

Kさんが名残惜しそうに感想を言った。

「うん。でもな、あの人、喋らないんじゃなくて、喋れなかったんだよ」

「どうして？　へんだな」「へんじゃないよ。あの人、韓国の人だもの」
「韓国って？」Kさんが聞いた。「ソウルだよ」と、私が言うと、
「あぁ、そうるか」とKさんが合点したので、まさか洒落のつもりで言ったのではないだろうが、笑ってしまった。

歌舞伎町のほうへ入って、コマ劇場の前まで行き、さくら通りを引き返してくると、Kさんが、目ざとく風俗営業の店の看板を見付けて、「あんなの、まいっちゃうよな」と、興味を示したが、こっちは無視して、S銀行の脇から地下道へ降りた。西口へ抜けようと思ったからである。地下鉄に沿って連絡通路を歩いて行くと、年取った浮浪者たちが数人そこにたむろしていた。

「Kさん、働かないでいると、あんなになってしまうんだぞ。まぁ、いまはまだ寒くないからいいが、寒くなってからあんなことをしていたら、体をこわして、あのうち何人かは死んでしまうんだ」「食うものもないしなぁ」

Kさんは、寒いことよりも、食い物の有る無しが心配のようだった。

「いや、食べるものだったら、この辺はいっぱい有るんだよ。新宿は食べ物屋が多いだろう。だから残飯探せば、腹だけは減らない。Kさん、どうだ、働くのが嫌になったら、ここへ来て、あの人たちの仲間に入れてもらうかい？」

「俺、東京なんか住みたかねえ」　彼は逃げるように足を速めた。

　新宿の西口へ出て、もう一度Kさんに副都心の超高層ビルを見せようと思ったが、彼もだいぶ疲れているようだし、名栗へ帰るのが遅くなったら、おっかさんが心配するだろうと考え直して、私たちは、取敢えず池袋まで戻ることにした。

「Kさん、夕飯はなに食べたい？」「なんでもいいよ」「そうだな。ナイフやフォーク出されてもお互い困っちまうから和食にしよう」

　山手線で池袋に着くと、東武百貨店に入って八階までエレベーターで昇り、そこからエスカレーターに乗り換えて「梅八」を探した。そこだと、ご飯のお替わりができるから、腹っぺらしのKさんにも、満足してもらえると思ったからだ。

　エスカレーターで十二階に昇る途中、窓から、暮れなずむ都会の情景が絵のように見えた。明かりの点きはじめた超高層ビルの右手に、くっきりと富士山のシルエットが浮び上がって、それは現在の私たちの平安を、神に感謝せずには居られなくなるような美しい眺めであった。

　急いでカメラを取り出してシャッターを押したが、私のコンパクトカメラでは光量不足でシャッターが下りず、替わりに、内蔵のストロボが飛び出す始末だ。

〈お馬鹿さん、ここでストロボをぴかっとやったって、窓のガラスに反射するだけで、副都心ま

で光りが届くわけがないではないか〉

食事を済ませて、西武池袋線の改札口まで来ると、飯能行きの急行が、ちょうどホームに入ってくるところであった。しかし、構内の電光掲示板を見ると「特急あと少し空席あり」と出ていたので、「Kさん、レッドアロー号で帰ろうか」と、振り返ると、

「そうだな。そのほうが速かんべぇな」

Kさんは至極当然のような顔をした。

私はすこしむっとして、

「そう言うがKさん、急行で行ったって特急で行ったって、飯能で乗るバスは同じになるんだぜ。ただ、一度だけでも、Kさんをレッドアロー号に乗せてやりたいと思ったからだ」と、つい、恩着せがましい口調になった。

「そうか、わるいなぁ」

Kさんもわかったようだ。

特急電車は十分遅れで発車するが、所沢で急行を追い越すことになっている。

特急券の改札が始まって、指定の座席に落ち着くと、Kさんは、しきりに両肩を上げ下げしだした。

「どうしたんだ?」と、聞くと、

「なんだか、くたびれちまった」

彼は初めて弱音を吐いた。

「そうか、きょうは随分ひっぱり回したものな。でも、八時過ぎまでには名栗へ帰りつけるだろう。……で、Ｋさん、東京で何が印象に残った？」

私はそのとき、いちばん関心のあったことを尋ねてみた。

「そうだなぁ」Ｋさんはちょっと考えあぐねているふうだったが、

「うまだな」と、はっきり言った。

サンシャインシティとか、高速道路とか、彼が生れて初めて目にしたものに対する、驚きの声が聞かれるものとばかり予想していた私は、まさに、意表をつかれた感じであった。

「うま？　馬なんて何処に居た？」

「居たじゃないか。バスに乗るところの横に、武田信玄みたいな人が乗って」

「あぁ、あれは楠正成だよ。銅像だ」

「うん、あの台のうえに載っけたんだべな。まるで、生きてるみてえだった」

私は答える気にもなれず、目を閉じて眠るふりをしていたが、きょう一日のことを振り返ってみると、Ｋさんは、やはり自然のなかに置いておくべき人間だと思った。なまじ、都会を見せたことが、彼にとって、はたして良いことだったと言いきれるかどうか。

Kさんに対する親切も、〈へりくだりたる者〉への単なる私の興味と、自己満足に過ぎなかったのかも知れない。

〈神さま、どうか、私のこの思い上がりをお許しください〉

飯能で連絡していたバスに乗換えて、名栗村まで戻ってくると、池袋は晴れていたのに、ここでは霧雨のようなものが降り出していた。

「Kさん、明日は仕事か？」

バス停で降りて橋を渡りながら聞くと、

「うん、きょう休んだからな。でも、うんと降れば、あしたも休みになる」

「駄目だよ、すぐずるいこと考えては」

「そうだな」「じゃぁ、おやすみ。おかあさんによろしく」

家の入り口まで来て別れると、

「すんませんでした」とひとこと言い、Kさんは、着ていたジャンバーを頭からひっかぶって、闇のなかへ駆け出して行った。

（おわり）

「名栗村から」（一九六三年～一九六四年　板橋カトリック教会の月報に連載された。）

風の又三郎　―転校生物語―

もう五十数年も、むかしのことである。

私の通っていた小学校は、町の東はずれの丘陵地にあって、木造二階建て校舎の裏側を、となり村との境界の野底川が、その名前のとおり、大地を削り取ったような、崖下の低いところを流れていました。冬のあいだは、それほど水はないが、春の雪解けのころから水かさが増えて、夏には、岩石に堰き止められた深みの場所が、私たちには、絶好の泳ぎ場になります。

当時、女の子のセパレーツの水着なんて、信州の田舎町では、まだ見たこともない時代で、女子生徒は殆ど水泳ぎをやらなかったし、男の子だって、黒の小さな三角ふんどしを持っていれば、じょうとうのほうだった。

ところが、三年生の一学期の末に転校してきたあいつは、夏休みの最初の日に、白いバンドの付いた、紺色の、れっきとした海水パンツをはいて、川岸の岩石のうえから、私たちの裸んぼうを見下ろしていたのである。

「あいつだ!」わたしたちの仲間、四、五人がいっせいに彼のほうを見やった。「突き落としてやるまいか」と誰かが言い出し、すぐに二人ばかりが、こっそり後ろへ回って行って、いきなり背中に体当たりしした。

ドボン！と水しぶきが上がった後で、びっくりしたのは、私たちだった。

いっしょに飛び込んだ仲間が、犬掻きやら平泳ぎなどで、ばたばたやっているあいだに、あいつはクロールで、ゆうゆうと向こう岸に泳ぎついていたのだ。まだまだ着物通学の生徒が何人かいるなかで、いつも金ボタンの洋服を着てくる、お坊ちゃん然としたあいつに、多少の反感を抱いていた私たちは、そのときから一転して、敬意の念を持つようになった。父親が測候所の技師だというあいつは、成績も良くて親切で、クラスの誰にも人気があったようだった。

あいつの誕生日の日に、私たち、ごく親しくしていた男の子ばかり三人が、彼の家に招かれた。測候所の官舎だったが、庭のある大きな家で、めったに食べられないようなご馳走を、腹いっぱい平らげてふうふう言っていると、奥から出てきた母親が、「おなかが苦しかったら、みんな、そこに並んで横になりなさい」と言うのだ。

うちで、食事のあと、横になろうものなら、「この罰あたりめ！　めし食って、すぐひっくり返るようなやつは、牛になっちまうぞ」と、怒鳴られるのに、みんなが一様にそう考えて、ためらっていると、「横になっていたほうが、消化のためによろしいのですって。遠慮せず、そうなさい」「はぁい」私たちはうれしくなって、おお威張りで、天井を向いてひっくり返った。

あいつがまた、あっけなく転校して行ってしまったのは、その翌々年の春ころでした。

あいつの名は青木だったと思いますが、後の消息など、今はもう知るすべもありません。

私の陶芸事始め

なぜ、陶芸を始めたのかと聞かれることがある。

そんなとき、私は、

「新宿の化粧品屋がつぶれたからです」と答えることにしているが、三段論法だから、相手に意味が通じるわけがない。でも、その一瞬の聞き手の戸惑いが、私には、いつも愉しいのである。

二十年ほどまえ、私がまだ四十代半ばだったころ、マンションの隣室に妻子持ちの不動産屋の男が住んでいた。住居の上板橋から一駅離れたところに事務所を構えていて、もぐりの金貸しなどもやっていたらしいが、その彼が、あるとき、硝子のショーケースの、幅半間、高さが背丈ほどもある大きなやつを私のところに運んできた。

「どうしたんだ、これ」と聞くと、

「新宿の化粧品屋が倒産したんで、貸金の質(かた)に差し押えて来たんだが置き場所がない。それに、うちには子供がふたりも居るし、壊しでもしたら危ないから、迷惑でも貰ってくれないか」というのである。

当時、私は独身で、家具類は少なく、居間には、机と書棚があるだけだった。

「ま、うちだって広くはないが、硝子ケースなら透明だから、そう邪魔にはなるまい」

私は単純に考えて、貰ってやっても良いと答えた。が、いざ、数人がかりで部屋の隅に据えつけてみると、からっぽの硝子ケースぐらい、間の抜けたものはないのである。

仕方がないから、とりあえず押し入れの中を引っ搔き回し、誰かに貰った土産ものの嵯峨面だとか、土鈴、鳩車、こけしなどを探しだしてきて並べてみた。だが、仕切りが四段もある硝子棚のスペースを、見た目よく埋めるのは容易ではない。

「まいったな」と私は思った。

だいいち郷土玩具というやつは、原色の絵の具で彩色されているから、すぐ飽きがくるし、女の子の部屋みたいに派手で、気が落ち着けなくなる。

「なにか、中に入れる、代わりのものを探さなければ」と、デパートへ行って見回しているうちに、ふと、目に付いたのがぐい呑みだった。

茶道具売り場のとなりに、ぐい呑みコーナーというのがあって、陳列棚のなかに様々な酒杯が並んでいた。備前とか、信楽、萩、唐津とか、一つ一つに名札が付けてあったが、実のところ、私にはまだ、ちんぷんかんぷんだった。恥ずかしい話だが、食器類はすべて瀬戸物だと思い込んでいて、陶器と磁器の違いさえ、それまでは、考えたこともなかったのである。

いろいろあるし、勉強にもなる。私のコレクションは、これに決まった。

最初に、鈴木蔵(おさむ)の志野盃を一つ買った。

砂糖菓子のように厚く掛かった白い釉のうえに、火色がぼやっとにじみ出ていて、なんとも暖かい感じがしたのだ。

包んでもらうときに、

「これは良いものですから、気を付けて、だいじにお持ち帰り下さい」

女店員が、最敬礼をして渡してくれた。

こっちを、収集を始めたばかりの半ちくと見抜いた節がないでもなかったが、私はすごい買い物をしたようで気分がよかった。

次にまた、別のデパートで、三輪休和の萩酒盃を買い、魯山人の紅志野も手に入れた。

私にはまえから収集癖があったのである。凝り性で、以前、サボテンの小鉢を集めだしたときには、参考書を片手にいろいろな種類を収集したが、湿度が高いと腐ることが分かってやめてしまった。が、ぐい呑みにはその心配がない。私は、やきものの図鑑や、陶芸作家の経歴なども調べて、有名作家の作陶展には、必ず初日に行くようにした。

どこの作陶展でも初日に顔を出す常連客がいて、ぐい呑み集めのライバルとも何人か顔なじみになった。誰もが、この間は何処で、誰それの、何を手に入れたとか、互いに自慢をしあうのである。私の収集も、しだいにエスカレートしていった。同時に自分でも、ぐい呑みを作りたいと思うようになった。

会社勤めのストレス解消も兼ねて、夜間、陶芸教室に通い、ひとが週一回習うところを倍に増やしてもらい、芸大出の先生の指導で基礎からロクロまでびっちり習った。

もはや、趣味の段階は通り越していた。各地の窯場にも足繁く通った。そして、自分の窯を持たなければ自分のものは出来ないことを知って、瓦斯窯の小さなやつをマンションのダイニングルームに持ち込んだ。

それからのことは短い文章では語り尽くせない。

時には酸欠死しそうになりながらの、試行錯誤の連続だった。台所の壁や天井は煙で薄黒くなり、風呂の浴槽も、信楽や美濃から取り寄せた陶土の保管場所に変わってしまった。

爾来、作陶十七年、窯の容積もぐんと大きくなって、武州名栗の山村に移った。もしも新宿の化粧品屋がつぶれなかったら、私は今ごろ別の道を歩んでいたかも知れない。

鈴　創刊号一九九一（平成三）年五月発行より

作陶中

サンダル泥棒――名栗村から――

わが家の庭に、ちょっとした異変が起きるようになったのは、去年の秋の終わり頃からであった。朝起きて居間の雨戸を開け、庭に出ようとすると、沓脱ぎのところのサンダルが散乱しているのである。ひっくり返っているくらいならまだいいが、片方が見当たらないことも再三だった。

サンダルが無いと、小鳥の餌台に食パンの屑をやりに行く私の朝の日課にも差しつかえるので、勝手口へまわって別のサンダルを突っ掛け、家のまわりを探しに行くと、大抵は前の空き地の小鮒草の繁みのなかや、庭続きの名栗川の土手の辺りで、ネズミの死骸かなにかのように無残に放り出されているのを見付けるのであるが、それには嘴でつついたような傷跡が到るところに付いていた。

だから、はじめはカラスの仕業かと思ったが、用心深いカラスが軒下にまで近づいて、履物をくわえて行くとは考えられず、二度や三度の被害にあったくらいで、いたずらものの正体が解明されるわけがなかった。

わが家の庭には、川側の山吹の植わっている垣根のところに一か所と、南側の空き地に面したフェンスのところに二か所、こっちは豊後梅の奥と、海棠の木の脇に高低をつけて小鳥の餌台が置いてある。

なぜ、南側を二か所にしたかというと、そこが居間からいちばんよく見えるところであり、また、きじ鳩や、ひよどりなどが、四十雀や、すずめなどの小鳥たちといっしょに飛んできたときに、一か所だと、どうしても小さいほうの鳥が大きいのに追われてしまうので、いじめっこをしないよう、低い位置に、小さなもののための別の餌置き場を作ってやっていたのであった。

ところが、朝方、高い位置の餌台に前日のパン屑がまだ残っているような時でも、このごろは低い位置の餌台の餌は、なめたように奇麗さっぱり無くなっていることが多く、これはどう見ても、四つ足のけものの仕業に相違なかった。そこで、この辺に野良猫が居るかどうか妻に聞いてみると、夏ごろ、トラ猫の太ったのが、前の空き地を横切っていくのを見かけたことがあったという。

「そうか、そいつに違いない。そう言えば、ずっとまえ花水木の下に、ひよどりの羽根の食いちぎられたのが落ちていたことがあったな。サンダル泥棒は猫かもしれないよな」

「でも、猫がサンダルくわえて行くかしら」

「うん。じゃあ、狸かな。それとも狐かな」

「へぇ、ほんと。だったら見てみたい。ここへ引っ越してきてすぐ、お隣りのSさんの案内で正丸峠へ夜景を見に行く途中、車のヘッドライトの前に飛び出してきたことあったわね。狐が」

「うちへ来るやつは、猪かもしれんぞ」

「うそ」

「まぁ、な」

　正体不明のまま、そんな冗談を言いあっているうちに、やがて十月の末になった。その後は、日が暮れるとサンダルを家のなかに取り込むようにしていたので被害は少なくなったが、それでも、うっかり出しっぱなしにしようものなら報いはてきめんで、川に入るとき使うゴム草履を一足、まるまる何処かに持っていかれてしまったし、いま履いているサンダルも、突っ掛けの部分が引きちぎられそうになっている。ひょっとすると敵は、黒っぽい男もののサンダルを、野鼠か、もぐらの類と勘違いしているのかもしれなかった。


　さて、十月も末にはいると、奥武蔵の山間の名栗村では早くも霜が降りはじめる。

　そんなある朝、居間の東側の雨戸を開けて、川向きに設置した松板張りのテラスの方に目を向けると、そこの八畳ほどの、一面うっすらと霜で覆われた上に、点々と、けものの足跡が付いているではないか。すぐに妻を呼んで、

「ほら、見てごらん、この足跡。猫のやつより、ひと回りもふた回りも大きいだろう。やっぱり

狸だよ、こいつは」というと、

「狐じゃないの」

妻はまだ決めかねている様子だった。

「狸だよ。狸はほら、けもの偏に里って書くだろう。昔っから里に出てくるから狸なんだよ」

「じゃあ、狐はなんなの。なんで、けもの偏に瓜なの。瓜が好きなのかしら」

「そんなこと、知るかい」

私とかみさんとは十六も年が離れているので、とかく、こういう他愛ない会話になるのであろう。だが、狐か狸か、そんな詮索はいらなくなる日が、それから間もなくやって来た。

踏み段を上がって、居間と同じ高さのテラスにまでサンダル泥棒が忍んでくることがわかったので、その後はテラスにも餌箱を置いて、こっちのはパンの耳を細かく砕いたやつではなく、長いままを夕方ひとつかみ入れておくと、翌朝までに必ず奇麗に無くなっていたが、その日は陶芸の窯を焚いていたので、母屋の雨戸を閉めてからも、私だけが別棟の工房のほうに残っていた。

かれこれ八時を過ぎた頃だったと思う。窯を焚いているときには気づかなかったのだが、素焼きの行程だったので早く仕事があがり、灯油のバーナーを止めて戸外に出ると、ちょうど川向こうの間近な杉山の上にのぼった満月が冴えざえと輝いていて、夜明けを思わせるような明るさだった。

その時だ。目の前を一瞬けものがよぎって行ったのは。

テラスへ行ってみると、いつもは明け方でないと無くならないはずの餌が、今夜はもう一切れ残さず無くなっていた。

「たぬ公め、あんまり明るいので、夜明けと間違えて出てきやがったかな」

私は嬉しくなって、すぐそのことを妻に告げ、餌箱にパンの耳を足して、居間の明かりを暗くし、雨戸を半分開けておいて、ガラス戸越しに狸の出現を見張ることにした。

テラスの横には、工房寄りに藤棚があり、吊り灯篭型の常夜灯が点してあるので、餌の置いてある辺りは闇夜でもほのかに見えるのだが、この夜は月光が、まるでスポットライトを照らしているように明るくて、そこは千両役者が登場するに相応しい檜舞台のようでもあった。

だが、いったん逃げ去った相手はなかなか戻って来そうにもない。そのうちにストーブの熱でガラス戸が曇ってきて、曇りは拭いても拭いても拭ききれないし、妻とふたり、じっと息を凝らしているのが、だんだんばからしくなってきた。

「もう、今夜は来ないよ。いい加減にしてテレビでもつけようか」

私は椅子を立って、トイレに向かった。そして、用をたして居間に戻ってくると、妻がガラス戸に顔をつけんばかりにして四つん這いになり、お尻の横からひらひら手招きしているのだ。

「出たわよ。出たわよ。たぬ公」

「そうか」

　私も抜き足差し足でガラス戸に近付き、覗いてみると、なるほど大きな狸であった。まるまると太っていて、童画の狸そっくりの愛敬のある顔つきをしている。途端、狸の目とこっちの目が合ってしまった。部屋のなかを暗くしているから見えないつもりでいても、ガラス戸には月光がさしているのである。夜行性の目をもつ狸の側からは、そこに這いつくばっている小肥りの女と、その上から斜めに顔を突ん出している眼鏡の老人が見えたのかもしれない。

　けげんな奴、という素振りでこっちを見つめ、こっちの目の数の方が多いとわかったのか、すぐ逃げ去ってしまったが、

「とうとう、サンダル泥棒の正体を見つけたな」と、私たちはなんとなくほっとしたような気持ちになった。

「また来るかしら」

「来るだろう、餌さえ置いておけば」

「でも、人間が野性の動物に餌を与えていいものかしら」

「この辺は杉山ばかりで、実の成る木が少ないから、けものたちが里に降りてくるんだ。となりの奥多摩の方では、猿が出てきて、農家の被害が大きいって言うからな」

「この辺でも、前には猿がいたみたいよ」

「今度から、東京から戻ってくるときには、パン屋でいっぱいパンの耳を仕入れて来なければならんな。重いけど」

そんな会話もその夜は愉しく、翌日の晩も電灯を暗くして待ち構えていると、月の出と同時刻に、たぬ公は鼻の先から恐る恐るテラスの餌場に上がってきた。

今夜も一匹だけである。それにしても、証城寺の狸ばやしの童謡にあるように、狸は月夜が好きなのであろうか。翌々日の晩も餌を山盛りにして、今や遅しと待っていたが、月が雲に隠れていたせいか、その夜はとうとう現われなかった。しかし、朝、餌箱が空になっていたところをみると、夜明けまでに、やはり出て来たのであろう。

そのうちに雨の日がつづき、月が欠け、だんだん寒さが厳しくなると、雨戸を片開きにしたまま、夜中まで狸の出現を待つのを、私たちはもうやめてしまった。そして、朝起きてテラスの餌が無くなっているのを見ると、ああ、たぬ公は健在なんだ。どこかの悪い奴に狸汁にされなくて済んでいるんだなと、それだけで安堵していた。

ところが年が明けて梅がつぼみを持つようになり、あたたかな日が続くと、狸はまた、宵から庭に出没するようになった。月夜でなくてでもある。

このごろは餌を与えられることがわかったのか、サンダルをくわえて行くようなことはなくなったが、こんな動物との付き合いがいつまで続けられるものか、この辺りでも環境開発による自然破壊の問題がだんだん深刻になってきているだけに、そのことを考えないわけにはいかないのである。

野狸と目が合ひにけり寒月夜

鈴10号　一九九四（平成六）年三月発行より

吉月夜の来訪者 1992.9

孫　萌ちゃんへの手紙（1）

萌ちゃん　手紙のお返事が　おそくなって　ごめんね。
こないだの　ゴールデンウイークには板橋教会のおともだちが　萌ちゃんとおなじ　小学五年生の女の子を連れて　名栗に遊びに来たので　いっしょに魚とりに行きました。はじめはうちのすぐ近くのところで　めだかのような　小さな魚を　あみですくおうと思って　さおのついた手あみと　バケツを持って　向こう岸に渡って行ったのですが　まだ　川の水が冷たくて　小魚はあまりいませんでした。しかたがないので　それなら　かじかの　おたまじゃくしでも　つかまえようと　だんだん　川かみの　郵便局の裏のほうまでのぼって行きますと　島のようになった川の中洲の　大きな岩のかげに　深い水たまりができていて　そこに　なにかが　かくれていそうな感じがしました。
ですから　そっと近づいて　あみを差し入れてみますと　ばしゃばしゃっと　魚のはねる音がして　十五センチほどもある　ハヤが　二匹いっぺんに　あみに入ってきました。
「わあっ　さかなだ」と思わず　叫んでしまいました。
すぐに　バケツに取り込んで　また　あみを　入れますと　びくびくっと　手ごたえがあって　また　二匹つかまりました。

どうやらそこは　産卵のために　ハヤたちが集まっていた　巣だったのにちがいありません。　まるで魚やさんの　イケスか何かのように　うじゃうじゃいるのです。

魚たちは　あみのとどかないところに　いっしょうけんめい　逃げようと思い　岩のすきまの　あなにもぐりこんで、行き止まりになったところで、かたまって　パニック状態になっていました。

そうなるともう　手づかみでもとれます。女の子と　おばさんと　三人でむちゅうになってつかまえて　たちまちのうちに　三十匹ほどもとりまくり、バケツをいっぱいにして　よかったね　よかったね　と大喜びで　ひきあげてきましたが、うちに帰ってからよく観察してみますと、どれもおなかの大きいめすのハヤばかりのようでした。

ですから　かわいそうになって　女の子に　逃がしてやろうね　と相談して　うちの　土手を降りたところの　河原から　一匹ずつ　手でしゃくって　川に放してやりました。

萌ちゃん、　こんど　名栗にきたとき、その魚がいっぱいとれた場所にいっしょに行ってみましょうね。また変った出来事があったら、知らせてあげます。

では　元気でね。さようなら。

名栗のおじいちゃんより

一九九三年五月十六日

葉山の萌ちゃんへ

孫　萌ちゃんへの手紙（2）

来年は　中学への受験があるんだったね。だから　そのために　毎日お勉強しなければならないから　たいへんなんだよね。でも　がんばっていますか。遊びたいのを　がまんしていますか。

今年の夏は　名栗へ行けないかもしれないって　手紙に書いてあったけれど　進学のためだもん　それも　しかたがないかな。

ところでおもしろい事件を　ひとつお知らせしましょう。と言っても、もうだいぶ　前のことだけれど　去年の十一月七日　近くを散歩して帰ってくるとうちの玄関のドアのところに　なにかへんなものが　うずくまっていました。生れたばかりの仔犬くらいのおおきさなのですが　もっとひらべったい感じで　タイルの上にはいつくばっているのです。

そう　いつか　萌ちゃんと中尾の滝へ行ったときに見た　がま蛙そっくりのやつが　うちを訪ねて来ていたんですね。ちょっと気味が悪かったので、

「せっかく　おいでくださっても　うちでは　おかまいできませんから　どうぞお帰りください」って言って、おっ払おうとしたのですが　どてっとかまえていて動かないので　ドアも開けられず　しかたなしに　庭へまわって座敷から家のなかに入ったのですが　二、三分してからまた行ってみるともうどこへ行ったのか　見当たりませんでした。
それっきり　二度と見かけませんが　暖かくなったから
またそのうち　訪問して来るかもしれませんね。
萌ちゃんも　お勉強の合間を見つけて　今年も顔を見せてください。
では　寝冷えしてからだをこわさないように。
おとうさん、おかあさん、おねえさんたちに　よろしくね。
バイバイ。

名栗村のおじいちゃんより

一九九四年六月十九日

孫　萌と

従弟　山田博章さんへの手紙

前略、マンションから見える遊歩道の並木の桜の葉がすっかり色付いて都心を外れた小平のこの辺りは、まだ秋の気配が濃く残っているのに、今日からは師走。都心では早くもクリスマスの飾りつけが華やかに始まっているようでありますね。

先般、岳志君の結婚式の折には幾晩も山田家のご厄介になり、また、帰りには、わざわざ　花小金井の自宅前まで車でお送り下さって大変お世話になりました。

そしてまた、昨日は、丹精込めて作られた松川町の高級林檎をご恵送下さって、有り難うございました。我が家では、ふたりとも林檎が好物だものですから、よく家内がスーパーマーケットから信州りんごというのを見つけてくるのですが、あれは須坂あたりのもので、頂いたような美味しい林檎には及びもつかず、このような立派なものは、日本橋か銀座の有名百貨店へでも行って手に入れなければ、到底口にはできないと感激しながら、早速賞味させていただきました。

それから、結婚式の記念の集合写真も有り難うございました。みなさんたいへんよく撮れており、花婿花嫁ともに将来の幸せが予感させられますが、それにしても、わたくしが市田に居た頃の旧知の人々が、みんな年を取ったなあと、しみじみ感じながら拝見しました。そしてまた、この写真を撮った写真屋が、佐々木写真館と知って、もしや戦前から飯田の主税町にあった佐々木写真館かなと思い、それならあの時、ちょっと声をかけてみれば良かったと、少し残念に思いました。というのは、わたしが小学生の頃、あの写真館に佐々木孝という同級生がいて、彼は昭和十四年にいっしょに飯田中学へ進んだ古島医院の古島正雄とともに私とは大の仲良しで、互いの家へ遊びに行ったり来たりしたものでしたが、特に佐々木孝との思い出は、小学五年生のときの作文集にも『竹馬（たかし）に乗って孝（たかし）を待った』というのを書いて、それが作文集の巻頭に載ったことでしたね。

その彼とは昭和十九年の夏に一度、私が祖母を連れて帰省したときに、（その折には確か喬木村の伊久間の祖母の生家や、長姫神社のところの田口さんの家に泊めてもらったと記憶していますが）私が合間にちょこっと、佐々木写真館を覗いたら、ちょうど孝がいて、彼が早速、古島正雄や広小路の呉服屋の佐々木恒夫や、伝馬町のお寺の息子の宮島仁司などに電話で連絡をとってくれて、翌日、彼ら五人を浜井場の校庭に呼び集め、一緒に風越プールまで歩いていったことがありましたが、その後、昭和六十三年五月一日現在の記述で私の所へ送られてきた同級会名簿には、もう佐々木孝の名前はありませんでした。

とにかく私達の同級生のなかには予科練を志願して特攻隊に入って戦死した者や、挺身隊で軍需工場へ行っていて空襲を受けて死んだ者などが多く、今、八十歳をすぎて生き残っているものは稀有の存在なんですね。

　だから佐々木孝のことをちょっと尋ねてみたかったわけですが、どうも余談が長くなってしまいました。

　ところで、このあいだ貴君に飯田の日夏耿之介記念館などを案内して貰ったときに、あそこで撮った写真や、若い頃わたしが飯田の静話会（当時あの辺に疎開していた文化人たちの集まり）のお手伝いをしていたときに日夏先生からサイン帳に書いていただいた『天龍より風越に時雨るる狗賓かな』の句をコピーして同封しますので参考までにお受け取りください。因みに狗賓とは雷のことです。

追伸

岳志君とはあのときあまり話す機会がありませんでしたが、新居で夫婦仲睦まじく、日常を元気に過ごしていることと思いますので、よろしくお伝え下さい。そして、幸子夫人にも、くれぐれも宜しくご風声の程を。

敬具

平成十八年師走初日

山田博章さん（左）と。日夏耿之介記念館見学

詩人　久宗睦子様宛て書簡

前略

実は、詩集『鹿の声』嬉しく拝受いたしました。

あなたのことを私は全く存じあげず、駒田さんの告別式で最初にお目に掛かった時、誰からも紹介されていなかったので、あなたのことを私は全く存じあげず、あなたがどういう方かも知りませんでしたのに、あなたの方では私の名前をご存じで、丁寧に、私のことを他の人（来栖さん）に紹介して下さったものですから、すっかり戸惑ってしまい、こちらから「あなたどなたでしたっけ」と尋ね返すわけにもいかず、美しい女性だなという印象だけを、あれ以来ずっと持ち続けていたのですが、「中谷先生を偲ぶ会」に同席され、再度お目に掛かったとき、お顔には覚えがあっても、お名前がわからなくては声の掛けようもなく、誰かに聞いてからご挨拶しようと逡巡しているうちに、桑山さんに手招きされたわけでして、なんとも、失礼いたしました。

でも、お名前を伺えば、「鈴」に毎号、洗練された非常に透明感のある詩的な俳句を出していらっしゃる方だと直にわかり、今後、ながくご懇意を賜りたいと願った次第ですが、このたび思いがけなく素晴らしい詩集を送っていただき、感謝感激、ただただ、恐縮いたしております。

私などは、少年時代、藤村や白秋といった韻律定形の抒情詩ばかり見慣れて育ったものですから、正直に言って創った人だけにしか解らないような、新しい傾向の近代詩にはどうも馴染めないでいるのですが、久宗さんの詩集『鹿の声』のうち、はじめの「みみへ」と「ゆるやかに」の二編は、ごく解りやすく、言葉の組み合わせがリズミカルで、心地良く味わいながら、じっくりと読ませていただきました。

「鈴」で始まった私の俳句は、中谷先生が亡くなって、つっかえ棒を外されたような気持です。あと一年、私が満七十歳になったとき、なんとか句集を一冊まとめて、先生に見ていただきたいと、「はぐれ螢」という題名まで決めておりましたのに、残念でなりません。

また何かの機会に、ご一緒することがあるかと思いますが、その節はよろしくご指導賜りますよう、お願い申し上げます。まずは取り敢えず御礼まで。

野瀬光二

平成七年十月十三日

親友　清水邦行様宛て　書簡

（＊清水邦行氏　丹羽文雄氏第一秘書。）

えらい目にあってしまいましたね。折角楽しみにしていたのに、残念でした。その後どうですか。

送ってくれた俳句、句会のときに出句してみようと思ったのですが、またちょっと、直したほうが良くなるように思えたので、今回はやめにしておきました。わたしの忌憚のない感想(批評かな）を述べますけれど、どうか機嫌を悪くしないで、これを参考に推敲してみてください。

老人の声華やぎて菊根分け

これは「声」という見えないものを「華やぐ」と形容したために、受け取る側に、情景が見えてこないのです。老人が声を出しているのですから、まわりに誰か、話し相手が居るのだろうとは想像できますが、「華やぎて」が、どうも、はしゃいでいるみたいで老人らしく感じられません。添削例は

老人のくちまめになる菊根分け

川温む土手を仔犬のまろびつつ

情景は分かりますが、下五に連用形接続詞の「つつ」があるために、連句の五・七・五（長句）みたいになってしまい、付け句（七・七）がないと締まりません。そこで思い切って季語もかえて、添削例は

仔犬駆け来てころがれり草萌ゆる

蓬の葉仔犬のくさめ誘いけり

蓬は春、くさめは冬の季語ですから厳密に言うと、季跨りになります。でも、犬のくしゃみだから咎めないとして、蓬の葉がなぜ仔犬のくしゃみを誘ったのか、ちょっと判然としませんね。蓬の草の匂いのせいだとしたら、葉が伸びてからよりも、芽が出てすぐの頃のほうが香りが強いので、「よもぎの芽」として「くさめ」に掛けた方が面白くはありませんか。

よもぎの芽仔犬のくさめ誘いけり

ジョギングの人影ふえて温む川

俳句は写生ですが、これでは説明に終っています。それはジョギングの人数が多く見受けられるようになって、川の水も温んできたという因果関係が強すぎ、それ以上に景色が広がらないからです。俳句に切れ字が必要だというのは、一句のなかで場面転換を図って、内容に広がりを持たせるためです。ですから、季語は季節感を表わすキーワードのようなもので、季語に付きすぎると内容が狭くなり、離れすぎると全体のバランスが損なわれてしまいます。

水温みをり散髪を妻に請ふ　　光二

これは一昨年、句会の席題に「水温む」が出て、そのとき佳作に入った私の句です。特選は稲川静江さんの

水温む干潟に貝の試し掘り　　静江

でした。参考にしてください。

亡母(はは)の雛古りて小さき雛なれど

亡母と書いて「はは」と読ませるのは、あまり感心できません。それに雛という言葉を二度も使うのは無駄ですし、下五に「なれど」という已然形の接続助詞が来ているので、句の座りが悪くなっていますね。

母の代の小さき雛飾りけり

雛はひいなと読ませます。古いと言わなくても、年代物ですから、古いのは当然です。

想ひ出は亡母のわがまま雛あられ

「想ひ出」という言葉も俳句では安易に使わない方がよいでしょう。なぜなら、次に来る表現で、「あぁこれは過去のことを言っているのだな」と分かれば、「想ひ出」と断る必要がなくなるからです。余った五文字をもっと有効につかわなければなりません。それに、この句の失敗は、季語が全然効いていないことです。俗に季語が動くと言いますが、こういうのは駄目です。

をだまきやむかし神田に旭町　光二

これは、あなたのお母さんへの私の挨拶句です。おだまきは春の季語ですが、昔を今に成すよしもがなの静御前の謡に掛けています。私が海軍気象部の予備練習生として入隊するとき、神田の駅に近いあなたの家で、わざわざ送別の宴を開いてくださったご好意は、今でも忘れることができません。わたしは小学生の時に母に死に別れたので、あの頃、お母さんと一緒に住んでいたあなたを、とても羨ましく感じたものでした。ずいぶん何回もお訪ねして、お母さんにはお世話をお掛けしました。

さて、次回の兼題は「さくら」です。もちろん「花」といっても良いわけで、こういうのが意外と難しいと思いますが兼題を一句、当期雑詠を五句以上作ってみてください。

それから板橋の句会に来るのが大変でしたら、毎月第三火曜日の成増にしても良いですよ。指導者は同じ「風」の同人の大西八州雄さんで、あなたのことは話しておきました。時間は一時から四時まで、場所は地下鉄成増駅近くの成増社会教育会館の二階か三階です。

あなたが回復して行けるようになったらわたしもそっちへ行きます。

野瀬光二

平成九年三月八日

尾崎秀樹氏

（*尾崎秀樹氏　ペンクラブ会長（初代は川端康成）。彼の活躍は数多に及ぶ。）

逝者如斯天

秀樹さんの訃を知ったのは九月二十一日の夕刻だった。私は仕事場が埼玉県の名栗村にあるので大概はそっちの方に居るのだが、この日はたまたま所用があって板橋区内のマンションに戻ってくると、私が若いころ秘書をしていた作家の牧野吉晴（昭和三十二年没）の娘で、マンションのオーナーでもある杉本ゆみ子さんが、私の帰宅した気配を感じたのか、三階から階段を駆け降りてきて、尾崎さんが亡くなったのを知っているかと訊く。私は一瞬、彼女が何を言っているのか、唐突で事態が飲み込めなかった。

秀樹さんと最後に会ったのは、去年の十一月、飯能の「やまなか」で開かれた中谷孝雄主宰の俳句文芸誌「鈴」（現在は平林英子主宰）の夜会の席だったが、秀樹さんは持参してきた愛飲の葡萄酒を少しずつ他の人にも振舞ったりして機嫌よく、元気だったし、その後も病気の噂など全く聞いていなかったので、私は頭のなかが錯乱しそうになった。

「逝く者は斯くの如きか昼夜を舎かず」というけれど俄には信じられなかったのである。詳しいことが分かったのは、その夜、伊藤桂一さんに電話を掛け、伊藤さんが葬儀委員長を勤めることになったと聞いてからだ。

秀樹さんも伊藤さんも「吉晴会」の仲間であった。「きっぱる会」は言うまでもなく牧野吉晴門下の集まりであるが、秀樹さんは昭和三十一年、長い療養生活で失業中だったのを牧野さんに勧められて「文芸日本」の編集を手伝うようになり、牧野家へも時々顔を出すようになった。社からは交通費くらいしか出なかったので、生活費を牧野さんが援助していたらしいのだ。

そしてほどなく彼は結婚することになり牧野夫妻が仲人役を引受け、池袋の豊島振興会館で披露宴が行われた。ご両人の記念写真は私が撮った筈なのに、なぜか一枚も私の手元に残っていないのは残念だが、祝辞のとき、榊山潤さんが新夫人恵子さんの「文芸日本」編集部（そのころは西巣鴨の榊山家にあった）に掛かってくる電話の声がすこぶる美声で楽しみだったと褒め、秀樹さんの療養中、いかに彼女が献身的に尽くしたかを披露し、これからはふたりが二人三脚で、きっと良い仕事を残して行くに違いないと予言したことは、今でもわすれられない思い出である。

牧野さんも早くから秀樹さんの才能を認めていた一人で、あいつは今にきっと大物になるぞと、蔭で夫人に語っていたらしい。

当初二十人近くいた「吉晴会」は牧野夫人が亡くなるまで賑やかに続いていたが、その後、清水正二郎、柴田射和はじめ何人もが鬼籍に入り、もはや残党は片手で数えられるほど少なくなってしまった。秀樹さんの逝ったのを境に「吉晴会」は解散の時を迎えたのかも知れないと、私はいま考えている。

（一九九九年）

第四章

野瀬光二の思い出

野瀬憲子

出会い

私は比較的遅く社会に出ました。働き出した何度目かの就職が常盤台四丁目にある商事会社でした。自作の童話の原稿を茶封筒に入れてしっかり持っていました。

勤務先のビルの半町ほど先に野瀬の陶芸教室のマンションはありました。私は文章を書き物語を作ることは大好きですし、また小さい頃から土をいじることも大好きで長じてからは出来上がった焼物、陶器を見ることに興味を誘われるようになりました。再就職を果たし、しかも近くにそれらしい教室があることを知ったので、早速訪ねました。それが野瀬光二の教室だったことになります。

一九八一（昭和五十六）年初秋の頃のこと、そのビルの門扉の入口にある植込みには、華やかな朱色の彼岸花が長い茎を優雅に伸ばし群れ咲いていたことを今も思い浮かべることができます。そのビルの階段を十段ほど二階へ上り、ブザーを勢いよく押すと、バンダナで頭をしばった、灰色の髪をしたジーンズ姿の男性が顔を出しました。挨拶を交わし、突然の訪問を詫びますと、「あまり時間はとれないが少しの時間なら」と招き入れてくれました。通された八畳ほどの部屋には椅子があり、座る様に促されました。早速私は用件を話しました。

自分は陶芸教室を探していたこと、又童話を書くことが好きであり、作品を読んでいただきたいと話しました。すると、ご自分のことについても、作家が本職であること、陶芸はこの狭い場所で仲間と集り趣味を楽しんでいるのだと語りました。

私はその両方の生徒になりたいと、いささか勢い付いて言ってしまいました。落ち着いてみるとその部屋には、おびただしい段ボールがあり陶芸関係らしい書籍、その側には数段の、スチールで組まれた棚になっていて、小さな盃、花生、水差しの大小さまざまな作品が並べられておりました。

その部屋の背側のドアを入った後、出口から広めの廊下に出ると、長いテーブルがあってそこで三人の男性がしきりに土をこねていたり、器の作品を削ったりと仕事中でした。そこを見学後、その日のうちに入門を承諾して頂くことができました。

次の週の月曜日から週二回の稽古日を決めて頂き、友人一人を誘い、陶芸教室へ通うことになりました。

「童話の原稿はあとで読んでおきます」なんという幸運!! すっかり有頂天になりました。

もっと驚くことは、何年か後、私はこの場所このマンション、この先生の妻になるとは。ゆめゆめ思ってても見ないことでありました。

後になって分ったのですが、その頃彼は新宿のギャラリーで定期的な陶芸展に作品を出品し、柿伝作陶グループの実行委員長でした。大河内風船子氏の門弟でありました。つまりこの頃すでに陶芸家としての実績が積まれていたのでした。

さて、私は書いた童話の結果を知りたく、今か今かと待っていました。何日かたってその結果は次のようなものでした。「登場人物がよく描けていない。もっと掘り下げて。人間は生きているのであり、一人一人、人生があるのです。それを考えてみなければいけない。童話であってもそこが大事なのだ」と。また私は恥をかえりみずに次のように質問しました。「点数をつけるとしたら、何点でしょうか」すると先生は、言いました。「七十点」その点数がどれほどのものかも全く基準をもたない私ですから、恥じ入るばかり。でも先生はやさしく言うのです。「諦めないで、毎日日記を付けて、続けてください」と。

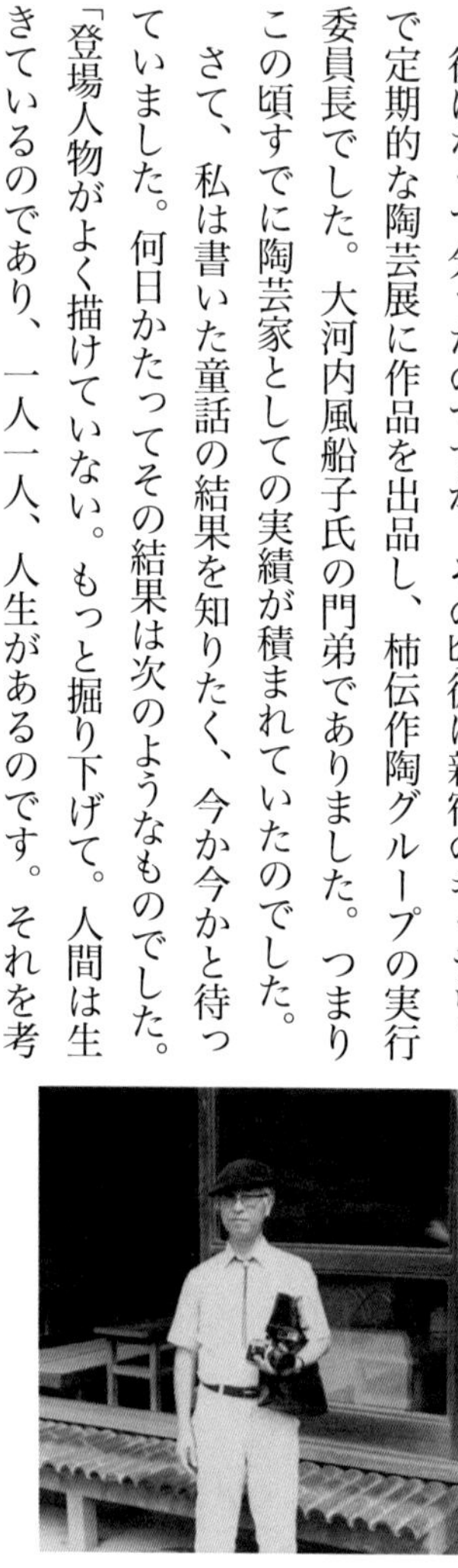
昭和 55 年　取材旅行　萩にて

ショッキングピンクの記憶

その後に私達は婚約しました。その頃私は自立をして箏教室を開いていましたので、家に訪問をお願いしました。東上線大山駅南口十分ほどの場所、大谷口上町、民家の建ち並んだ住宅地の中にその家はありました。昔風の古い一軒家の貸家で、こじんまりとした瓦屋根の平屋です。木製の引戸に呼鈴がついていました。引戸を開けますと、飛び石が数個置かれ、竹の袖垣が風情をかもしていて、そのすぐ下に濡れ縁がついていました。そこは、腰掛けて見るとあまり大きくない池が目の前にあって、滔滔と水音をたてて噴水もついていました。人工の池でしたが密集した住宅の並んだ一角とは思えない静けさが周りを支配しているのは、珍しい事でした。数匹の鯉が元気よく泳いでいるので、初めて訪れた人は必ず驚くのが、面白かったのでした。縁側の硝子戸を外から開けた八畳間が箏の稽古の座敷でした。この住居に七年間居住しました。落ち着いてよく見つめてみると、木造住宅である昔の古い建物で、安全性には心配がありました。家の周りが全て硝子戸であり、廊下に出ると又硝子戸が外界との境界一枚なのですから、それひとつとっても一人暮しの限界を感じてしまいます。

それまでも、私は道を歩いていて、後から男にとびかかられたことや、家を覗く人がいたり、電車の中では信じがたい酷い目にあい、恐ろしい経験は数回していました。私はもうこんな事はこりごりだと思っていました。そして、結婚相手は用心棒でなくてはならない、と動機は少々純粋とは言えなかったのでした。

ある秋の晴れた日、彼にここをお見せするためにお誘いしたという次第でした。

彼は玄関に立ちました。私はというと、少し厚手のショッキングピンクのワンピースに同色のストッキングをはいていました。できるだけ華やかな装いでお出迎えしたかったのです。そして美しい女（ひと）と思われたかったのでしょうか。やがて、木戸の引戸の鈴音も軽やかに開く音！

彼はそこに立ち、玄関に飛び出していった私でした。

その時のことは忘れられない思い出としてよみがえってきます。

彼は見る見るうちに、明らかに、ドギマギしだしました。落ち着きを失った様子が見てとれます。下ばかりみています。

何を話すでもなく、そそくさと帰ってしまったのでした。

私は箏曲の一曲なりと披露し、お聞かせしたかったのに。お茶の一服もさし出す用意をしてあったのです。にもかかわらず、記憶のひとかけらも残さず、帰ってしまわれました。

ショッキングピンクがよほどショックを与えたのでしょうか。


一九八四（昭和五十九）年私達は結婚しました。

現在、花小金井の南町に住み、都内オアシスと誉れの緑多い散歩道。ショッキングピンクのバラが咲き初めました。手厚く手入れを続ける方の優しい手の感じられる花々。

辺り一面香り充ち、小径にさしかかると、一陣の風がバラの群を揺り動かし、通りすぎてゆきました。思い出と共に。

最初の訪問

私と結婚することを決めた時、私の郷青森八戸の父母の所に挨拶をしてくれると言いました、その折の事。

父は数年前に他界していましたから母と父の代理の兄に会うことになりました。

野瀬は二人の前に両手をつくと結婚を許してほしい事、そして次のように言ったのです。

「わたしは、のり子さんを必ず幸せにできると約束することはできません」

その突然の言い方を聞いた私は、何もかもわからなくなり、その後のことは、耳に入らなくなるほど、冷静さを失ってしまいました。

その後どんな会話をしたのか耳に入りませんでした。しかも母はいつもより汚れたエプロンのまま、腕を枕にして長々と寝そべったままではありませんか。私の驚きは絶望に変りました。いくら反対の結婚でも最低限の礼儀と言うものはある筈です。つまりその両方で心は乱れてしまったのでした。

少したって落ち着きが戻ると、兄の言葉が聞こえてきました。兄は私より十五歳上の長男で私は五女の末でした。父のような頼りになる信頼と、愛深い兄であることを疑ったこともない存在でありました。

「妹は、非常に、わがままでありますから覚悟していてください！」この兄の言葉もまた、何ということでしょう。これまで自分が極まりなく手に余る我がまま娘であったと考えた事もありません。どこが、そうなのかも、まるでわからなかったのでした。ショックだけが私を支配しました。兄と野瀬とのやり取りにより完全に私の心は動揺してしまいました。心の中に焼印を押されてしまったように突き刺さりました。それでも、だからと言って反省して良い娘に生まれ変わった訳ではありません。

第一、我がままとは、どういう事を言うのか、根本的に何もわからなかったのですから。只々、四十年間、厳しいしつけをうけたことが無く、ありのまま自分で外で受けるいじめやいわれなく受ける差別のような仕打ちを、耐えることは、当たり前に経験しておりました。家に帰っても、そのことで泣きごとや、どんなことがあったか訴えることはしませんでした。社会から受けるさまざまな問題もなかった訳でもありません。男女の差別は社会的に厳然とあった時代でもあったのですから言うまでもないことでありました。

家の父母も兄姉からも、心に深い傷を受けるほどのどんな仕打ちも受けなかったのです。ですから我がままとは一体どのようなものか、兄の言葉ではじめて、目覚めたと言ったらオーバーに聞えるかもしれません。私とは、そのような変異的な人間であったことを考えない訳にはゆきませんでした。私自身にはそのような弱点が身についてしまっていたというべきかもしれません。

一日置いて別れる日の前日のことでありました。兄は私に言いました。「野瀬さんと言う人を、只甘い人と思わないようにしなさい。大変な作家と言う仕事柄、簡単に考えないように。何でも良いというお人ではないという事をしっかりわきまえなさい。人間として、のり子も成熟した女性になりなさい」言葉はちょっと違っていますが、内容はざっとこのようでありました。母はその後にきちんと和服に着替えてもてなしをしてくれました。最初は私が「その小説家とやらに全面誘惑されている」ときめつけて反対した母でありましたが、野瀬と対面して兄ともども考えがすっかり変わったのでした。私達はその日兄の勧めで市内の博物館へ見学にいったのですが、私達が留守のあいだに、兄と母は野瀬という人物を品定めし、大いなる高評価を下したわけでした。さてその博物館で観たのが、不思議な形をした古代の土偶でした。

土偶

博物館ではじめて青森県三内丸山縄文遺跡から発掘された遮光器土偶を拝見することができました。野瀬はその時初めて目にした土偶をあかず眺めておりました。

後に土偶の印象を常盤台の屋上に、陶芸窯を築いた、最初の作品に写し創ったことが印象深く記憶に残りました。(口絵写真参照)本物の大きさは高さ三十四センチ二ミリ、重さ一キロちょっと、かなりどっしりと重い量感の遺物であるようです。

形態は独特で、とても人間とは見えません。何かを象徴してデフォルメされているには違いありません。人間を形作っていると言われれば、そうかもとも思えます。けれど火星人か。地球人ではありえないが、三千年も四千年も前の時代は、このような生物が生きていたのだろうか…まさか…。勿論野瀬の作品はレプリカにすぎませんが、見学の際にしばらく脳裏に刻み込んだものらしく、よく似ておりました。

大きさは高さ十九センチ程、ミニチュアにすぎず、色は鉄分を多く含んだ濃い灰色で素焼き。ユーモラスな出来栄えで、心が明るくなり縄文のはるか遠い遠い時間の無限のおおらかさを感じ、小さな事にくよくよしている時に眺めるのに丁度よく、笑みさえ浮かべる事ができるのです。この土器は私の机の上にあり、沈黙しています。けれど土偶でありながら饒舌に私の心に語りかけるような気がしてくるのです。野瀬はしなやかな指を巧みに動かし、何かに語りかけ、楽しみながら仕上げたのではないかしら。縄文から謎のまま土器の意味を解き明かすことができる人は誰もおりません。『祭祀儀礼に用いた』という研究者の意見もあるようです。

物言わぬ土偶は、かえって普遍性を感じさせ、今日も黙って、多くの未知の言葉を内に秘めたまま不思議な佇まいの息遣いをかもし、私の机の上に佇んでいます。

一枚の写真

二歳とメモがついています。野瀬のアルバムの中に肩上げのほどこしてある浴衣を着ている幼い子供の写真がありました。(口絵写真参照)野瀬の小さい頃の写真です。その写真を私は写真立てに入れて、机の上に、いつも飾らせてもらっていました。

母の柔らかな温もりを一番ほしがる時期のこの無心ないたいけな姿に密かに感じ入っては、一人涙を流すのです。

自分の事を省みれば、時に母が家を留守にすると、家の中が灯の消えたように真っ暗になり、どんなに並み居る姉や他の者が慰めても全然効き目はなく、私は熱を出してしまうのでした。三歳ぐらいの記憶です。

野瀬のこの写真を私はこよなく大切なものの一つに考えていました。それを見て野瀬は笑っていました。野瀬のお母様はサナトリウムから実家へ戻り、蚕小屋に隔離されました。その蚕室から野瀬の気配だけをたよりに何年聴き耳を立てていたことでしょう。その心境は、おもんばかるまでもありません。

私たちの結婚後、野瀬は実家を案内してその蚕小屋を見せてくれました。身内はその時はいませんでしたが小屋はまだ残っておりました。

一九三八(昭和十三)年七月二十七日　十三になった野瀬は、中学一年でした。この家で入学をむかえていました。体格も、小柄な少年であり、その日、この市田の家で、母の死を迎えたのでした。父は飯田市上荒町におりました。四キロの道程でした。天竜川沿いに、川を右に見て、一気に走りました。父へ、母の訃報を伝えるために。汗と涙にまみれて。

愛の世界から

母よ、僕は尋ねる、
耳に残るあなたの声を、
あなたが世に在られた最後の日
幼い僕を呼ばれたであろう
その最後の声を
三半規管よ　耳の奥に住む巻貝よ
母のいまわの、その声を返せ。

（堀口大学）

この短い詩は佐藤春夫著『愛の世界』に載っています。つい最近蔵書の中に見つけました。野瀬は堀口大学とよく似た境遇でしたから、慰めを受けていたのでしょうか。その小さな〝書物〟は手あかにまみれていました。愛読をくり返したに違いないと思われます。ゆっくりその表紙を上からそっと撫でてみるのです。

それからの野瀬の人生は目まぐるしく変化していきました。経歴書にある通り、父とも死別、十七歳の兵役。重く長い銃を肩に横須賀の海軍気象部へ自ら志願したと言います。気象部であれば、殺人を犯さないですむだろうとの目論見からと、語っていました。

S60年12月　山本神父様により受洗。
右から芳賀千恵子氏、光二、山本神父、のり子、橘敦子氏

やがて終戦、それからの艱難辛苦は想像を絶するものがあったと思われます。

より良く多くのものを共有できるか、私との結婚では三十五年間共に歩んでは来ましたが、野瀬にとっては、どんなだったでしょうか。知る由もありません。一つだけ、野瀬の癒やし難い傷だらけの心情をなぐさめることが出来たとしたら、結婚は「光」を見つめ合う目標の、完全な良き選択でありました!!　無限の幾光年の尊い光へと共に歩み、又再会の栄光へと希望をつなぐ事が出来たのだと、確信があります。それに野瀬は前代未聞の「老婆少女」というべき人間と家族になれたと言っていました。

「あなたの神にひざまずきます」結婚一年前、彼が年賀状に書いておりました。

完全な平和な魂の究極の平安を望んでいたのです。出会った時にわずかでも私の中にその平安の希望を発見。生きている間に野瀬は大河への流れの彼岸を発見したかったのでしょうか。結婚した日彼は真実「大河の流れの人生にするのだ」と言いました。

一九八六（昭和六十一）年十二月、その日、野瀬の人生は、これまでの小川の曲がりくねった川の数々を飛び越える、大いなる力、永遠に消えることのない「光」の中に、祝福の冠を獲得することに成功したのです。誰に強いられることなく、自らの意志によって洗礼を受けたのでした。

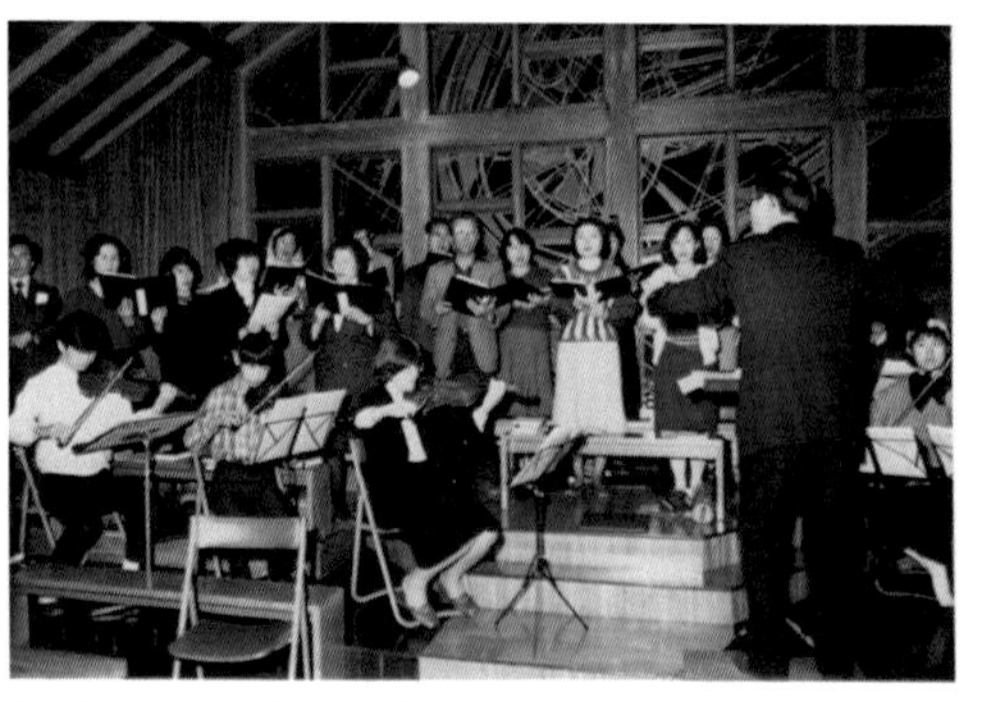

板橋カトリック教会にてクリスマスの受洗

昔のことを思いめぐらすな
見よ、新しいことをわたしは行う。
今や、それは芽生えている。
あなたたちはそれを悟らないのか。
私は荒れ野に道を敷き
沙漠に大河を流れさせる。
野の獣(けもの)、山犬や駝鳥もわたしをあがめる。
荒れ野に水を、沙漠に大河を流れさせ、
わたしの選んだ民に水を飲ませるからだ。
わたしはこの民をわたしのために造った。
彼らはわたしの栄誉を語らなければならない。
(イザヤ43章20節)

わたしのラファエルー難病に罹ったあの頃

彼の文学者仲間、同門、文芸同人たちはかなりの人数でした。芥川賞、直木賞はもとより、〝賞〟は多岐でありました。一人で幾つもの著作出版の発表記念会等、本当に賑やかでした。その中で一冊も出版物のない彼でした。

同門の仲間、諸先輩、それに先生方は野瀬の側から見ると大きな共通点が二つありました。一つは皆様すべて〝文学〟愛好家であり、そこに人生の喜怒哀楽を目標としている方々であったこと、二つ目は、一人の例外なく、第二次世界大

左から伊藤桂一、野瀬、師岡順一、一人おいて田中順三各氏　水光庵（天主窯）にて

左から森本ヤス子さん、壇一雄夫人、桑山和子さん

中谷夫人（平林英子さん）と駒田信二氏

中谷ご夫妻

戦の影響を大小の差こそあれ全員が人生の〝負の〟遺産として背負いながら生きた方々ばかりだったと思えることです。（右ページ写真は小さな名栗の家への御来客—浪漫の会の方々。）

野瀬が新聞小説、倶楽部雑誌に作品を発表していた事実は仲間の者からも知られてはいたのです。今となってしまえば「夏草や兵どもが夢の跡」（芭蕉）さながらに仲間たちや同門の方々の一人だに存命することもなくなりました。彼は自分の句集一冊を発行する望みをも忘れてしまったかのようでありました。

わたしはまるで役に立ちはしない人間ではありましたが、私なりの彼の見方を全く無にしてはいけないと思いました。彼は私の自由だけは尊重し、好きなように行動させてくれていました。或る日、彼は言いました。

「のり子が肥溜に落ちているのをひっぱりあげて助ける夢をみた」

私は彼が笑いながら言ったのに、少しも可笑しいとは感じなかったのです。なんとまあ、オモシロクないっ！　肥溜なんて、彼らしい表現でした。

あの時のことを思い出さずにはいられません。一九八九（平成元）年十一月、緊急入院することになり、しかも入院して治療前ではあったのだけれど、両眼までが真っ暗闇に見舞われたのでした。入院だけでもショックであったのに、追い打ちをかけるようなその苦しみ。忙しい仕事の合間に毎日見舞ってくれる野瀬に目が見えないと告げることが出来ず、眠ることもできずに悶々と悩んでいました。

　私との結婚後一年位なるかならぬかの時期に彼は山本孝神父のもとで受洗しました。神父の板橋教会への赴任後最初の受洗者でありました。入院中毎日夕方三時頃になると山本神父がご聖体を持って来て下さいます。三ヶ月の入院中、毎日欠かさずに。そのあと夕方近くなって野瀬が必ず来てくれました。

　悩んでいるうちに、どうしたわけか、目は明るさを取り戻しました。それは、不思議としか言いようがありませんでした。何の投薬治療もはじめる前でしたから。

　いつ治るかわからない難病をかかえ、野瀬の足を引っ張ることが予想されました。とうとう意を決する日が来ました。

「病気持ちになってしまって本当に申し訳ありません!!　別れるしかないのではないかしら」

　すると、しばらく沈黙の後、今でもその時のことがありありと目に浮かぶのですが
「何を心配するか。もし、のり子がわたしの所に来なければこんな病気にかからなかったかもしれないのだ!　少しも心配いらない。安心して元気になりなさい。退院したら、旅行しよう!」

と。

　そして、退院した後は、桜が満開の光ヶ丘公園などあちこちの美しい桜のある場所へ、二人でピクニックをしてくれました。京都へも行きました。

またデパートへ一緒に行き、和服売り場で美しい色彩の呉服生地を選び誂えの注文をしてくれました。

帰りのエスカレーターに乗り野瀬は「この着物が着られるように元気になってください」と生真面目に語りかけるように言うのでした。それは、昭和六十三年三月に埼玉入間川の渓谷に陶芸窯を移して一年ほど経った頃のことです。

彼が肥溜から引っ張りあげてくれ、救ってくれたこの桃源郷の家は大自然の豊かな限りなく美しい神の領域であったと思います。彼はそこで私という生命を清め、休息と穏やかな愛情を注いでくれたのだと……。

五十代になってからも繰り返す病変が、ある時期を境に癒される様を見て、医師が「あなたは奇跡の人です」と繰り返し私に言ったのでした。

野瀬は私という愚図ついた人間を妻にした不運を嘆いたでしょう。けれど彼の祈りによって私は存在しえているのではないでしょうか。それによって私は野瀬に謝罪する必要があると思い、せめて句集を出版しようと思うのです。今更謝罪されて何の役に立ちはしないと言うかもしれません。

「クサレ女房でゴメンナサイ」とある日言いました。亡くなる一年ぐらい前のことでした。

「何を言うか。やさしくて、明るくて、いつまでも可愛くしていてくれ」と。可愛くなんか無理無理、に決まっています。そう、聖書のトビト記に出てくる、ラファエルとは、野瀬のことだったと今にして思います。どこまでも優しい人柄は、一度も変りませんでした。

もう一度、野瀬に会いたいと願う。今度は、少しはましな女房になれるでしょうか。

風

野瀬の存命中には考えたこともありませんでしたが、今遺された膨大なものを見ると、一体どうしたものかと思います。衣類などはともかく、書いたもの―原稿、日誌、のような―意志と心情の籠もったものが、大切そうに保管されてあり、その量の多さになすすべもなく四年の歳月がたってしまいました。

野瀬と暮らした三十五年間のうち、私が本当に野瀬を理解し、人間として妻として共有できた心情について総括する羽目になったのは、彼の友人に宛てた一通の手紙からでした。

手紙の内容は、自作の中でこれまで創りあげてきた俳句をまとめ句集を出版したいのだという事でした。その夢を達成できていないことをひどく残念に思っていることが感じられました。その希望をかなえなければならない、一つの宿題を与えられたのだと私は考えました。その準備と整理に、四年の歳月が経ってしまったのでした。

毎日のように遺されたものを整理することから始めましたが、その重大な責務は私には重く、肩は凝り、ずきずきと心までがひどく痛みました。無知で無関心で自己の事しか考えてこなかったことがのしかかって、どうにも出来ない呪縛に苛まれてしまったのでした。

そんな日々、ある一つの大きな転機が訪れました。それは突然夢の中に野瀬が風の様に現れて、こう言ったのです。

「どんな風でも、一緒にいるよ!!」と。

忘れもしません、二〇二二（令和四）年四月五日、早朝、五時少し前のこと。それまで夢には出て来ても一つも言葉は言わなかったのです。私は「ホントーッ」と喜びの大声を上げ、自分の声で眼が醒めました。さながら聖霊が降臨したように、「脳が開いた」と言ったら大袈裟でしょうか。そうです、風のように、聖霊というものがこれであったことに今気が付かされたというわけでした。

邯鄲

ある夏のこと、常盤台四丁目のマンションでの出来事です。植込みの土の中から大振りの葉のついた樹木があらわれてぬくぬくと成長し、生命力あふれる元気さに、コンクリートの建物は気持ち良く贅沢な緑を得た感がありました。私が埋めたアボカドの種が育ったのでした。そしてその美しい樹形とあいまって、その樹木には私たちを喜ばせたオマケがついておりました。

その日、いつものように風の通り道をつけるべく硝子戸をあけ放っているとはっきりと虫の声が聞こえてきたのです。

リュッーリュューッと、なんともいえない秋の虫の声でした。私たちはそれに聞き入り、驚きの目を瞠りました。静かにカーテンをあけると、青々と茂った葉と葉の間にしっかりと灰色のヒゲが二センチはあると思えるような二本をすりあわせるようにして音を出している姿があったのです。

鈴虫のようでしたが、体長は少し細目で鈴虫とは明らかにちがうと野瀬は言います。私たちはすぐ図鑑を引っ張り出して調べました。それは「邯鄲（かんたん）」でありました。たしかに鈴虫の鳴声はりんりんりんりんと涼し気です。邯鄲は、それに比べて力強く、リューーッリューーッというように鳴きました。鳴き止むまで、ジーッと聞いた私たちは、幸運でした。平成十一年頃のことです。この関東あたりでは絶滅したと言われていました。この鳴き声は一説によりますと一山を揺るがすように力強く鳴きます。しかしこの昆虫は、闘いをして、ただ一匹が勝ち残り、勝者が力強く鳴くものだということでした。邯鄲は、何を言っているのでしょう?

さて、虫の話とは異なりますが、古典芸能のお能の中に「邯鄲」（地名）という芸能詩があります。箏曲、地唄にもあります。

「古代中国の蜀という国の青年盧生（ろせい）が人生に疑問を感じ、未知の教えを乞うために羊飛山に行く途中、邯鄲と言う所でお宿りをする間、不思議な枕をして昼寝をしました。すると楚の帝王になり、五十年の栄華の生活をおくる夢をみました。しかしそれは粟飯が炊けるだけの夢の間にすぎなかったので、盧生は人生を悟って故郷に帰った。」

短い物語です。歌舞伎や狂言、浪曲などの古典が好きだった野瀬が、この昆虫の鳴く声をじーっと聴いていた姿を思い出しながら、どのようなことを考えていたのだろうかなどと思う私です。

万年筆

野瀬の机のまわりには沢山の筆記用のペンや鉛筆立てがある。種類別になっているらしく、万年筆類は、机の引き出しの中にも数本見掛ける。けれど特に亡くなってから机の中などをあけると、古そうな万年筆が幾本もあって、その中で殆ど乾き切って、使い古した形跡のものが多く見掛けられる。

野瀬の生前、ある日のことであった。私に小箱に入った万年筆を差し出して、呉れると言った。小箱にきちんと入れてあるその万年筆は特に大切にしているものであろうと、察したのには、大事そうな素振りでわかった。だいたい野瀬は何でもきちんと整理し、物を大切にする習性であるらしかった。軸の短くなった鉛筆など補助のサックを利用しているのを見掛けることも多かった。

小箱に入れてある万年筆はモンブランであった。

ペン先は太めの文字用で普段、頻繁には使用しないのだろうと思った。此の頃は文章を原稿用紙に書いたものをめったに見ない。殆どワープロで打ちこんでいたからであった。その方が早いしコピーもとれるので便利だったのであろう。ワープロをすっかり使いこなしていた。

けれど小箱に入ったモンブランの万年筆が大切なものにちがいないことに変わりはない。作家の息のかかったゴツゴツ角のたつ太字がなんとも好奇心を満たしウレシイと思ったことであった。小箱からとりだすと私は幾度もその存在感の手ざわりを感じ、取り敢えずインクをつけて書いてみた。野瀬は多分、惜しいにちがいないと考えられた。

私は忘備録用の大学ノートを取り出し、日付と、そこに「この万年筆、ありがとう!!」と書いた。そして一行空けた箇所に「ここに、サインしてネ」と頼んだ。

「これ、あげる!!」と言って大事そうに、その小箱を差し出した様子から感じられるものがあった。「うれしい!! 良いんですか? 大切な物なんでしょう?」「ウン、いいんだ」と言う。

東武百貨店の印のチョコレート色した入れ物に、説明書と共に入っていた。インク継ぎの仕方が、見たことのないシロモノに思われ、面白いけど面倒そうにも思えた。

「だって、後で、のり子はボクのもの何んでも盗る!と言うからです」と言って、万年筆を渡した。野瀬は苦笑いしながら『野瀬』と見慣れたくずし文字でサインしてくれたのである。

野瀬は、九〇歳を迎えていた。「大切にお預かりしますネ」と私は言った。けれど、言葉に出しはしなかったが、この万年筆、私は誰に渡してゆくだろう――野瀬の作家魂を大切に思ってくれる人でなければならぬのだと考えていた。

はぐれ螢

野瀬は句集の題を「はぐれ螢」と既に決めていました。その理由を手紙で語っています。はぐれ螢は一九九一（平成三）年六月二十九日「浪漫の会」（割烹「やまなか」で行われました句座）で、兼題の「螢」の一句でした。

はぐれ螢への字に河を越えゆけり

主宰選（中谷孝雄選）で天位を受け、褒美の色紙を頂戴しました。感激が止まらないようでした。この日の出席同人の中から名だたる中谷孝雄先生からの評価は最良の事であったのです。彼は友人への手紙の中に、『はぐれ螢』の書名もさることながら、処女句集を中谷先生に読んで

中谷先生より天位を受く　平成３年６月19日
句座―　割烹料亭「やまなか」にて

頂くことをこよなく願っていると記しております。

これまで、野瀬がこれほど喜んでいる姿を、しかも文学者の集いの中で天衣無縫の姿を見たことがありませんでした。いつもカメラを片手に他の人ばかりを写し、座があたたまる間もない、それが野瀬なのだと思っていました。この日の野瀬は全然違います。カメラの焦点があっているのです。

居合わせた方々は私の知る限りにおいても、皆様大先生ばかりなのでした。（中谷孝雄先生、平林英子先生、尾崎秀樹・恵子先生ご夫妻、駒田信二先生、田中順三先生、鳥山敏夫先生、林富士馬先生、伊藤桂一先生、間鍋呉夫先生、若林利代様、桑山和子様、壇ヨソ子様、大森章様、吉本昌司編集長。）こうした偉大な文学者の先生方は次々と鬼籍に入っていかれ、野瀬が昇天したころは火の消えたような淋しさを呈していたように思います。友人の清水邦行氏は丹羽文雄先生の第一秘書でした。御自分も多数の著書を出しています。野瀬が師である牧野吉晴先生を亡くした際に「大樹倒れて新風起こる」と励ましの言葉を頂きました。互いに声をかけ励まし合い、悲しみに押し潰されることのないように自分達の文学を突き進まねばならないのだ―。強い意志が必要であったと思われる文章でした。

野瀬の句集（喜寿までに出すのが夢であると語っていました）の出版、中谷先生にお読みいただくには間に合いませんでしたが、それを叶えることが私の野瀬に対する鎮魂であり感謝であり、また罪のつぐないです。この宿題を果たしたなら先に旅だった天国の門の前で堂々と迎え入れてもらえるのではないかと私は思います。

先客万来―ほんとうの〝やさしいひと〟とは

水光庵と名付けた、もう一つの家には子供から大人から大勢の客がひきもきらず訪れました。不思議なほどでした。彼がこよなく愛した陶芸創作、文筆の仕事、遊俳同人「鈴」での花鳥諷詠の作品。それらの〝元〟となりましたのは桃源郷の名栗渓谷にあります、この水光庵でした。

その自然の春夏秋冬、その移り変わる様は三十冊以上のぶ厚いアルバムの記録として残されました。

そこには、いつも人々をみつめて、喜んで迎えている彼の姿が写り、あるいは、彼の手によって名を記されたカメラの写し手が息付いたものばかりであることに気づきました。彼は常に、誰が写したか？にも目を向けた記述があり、興味をそそられました。

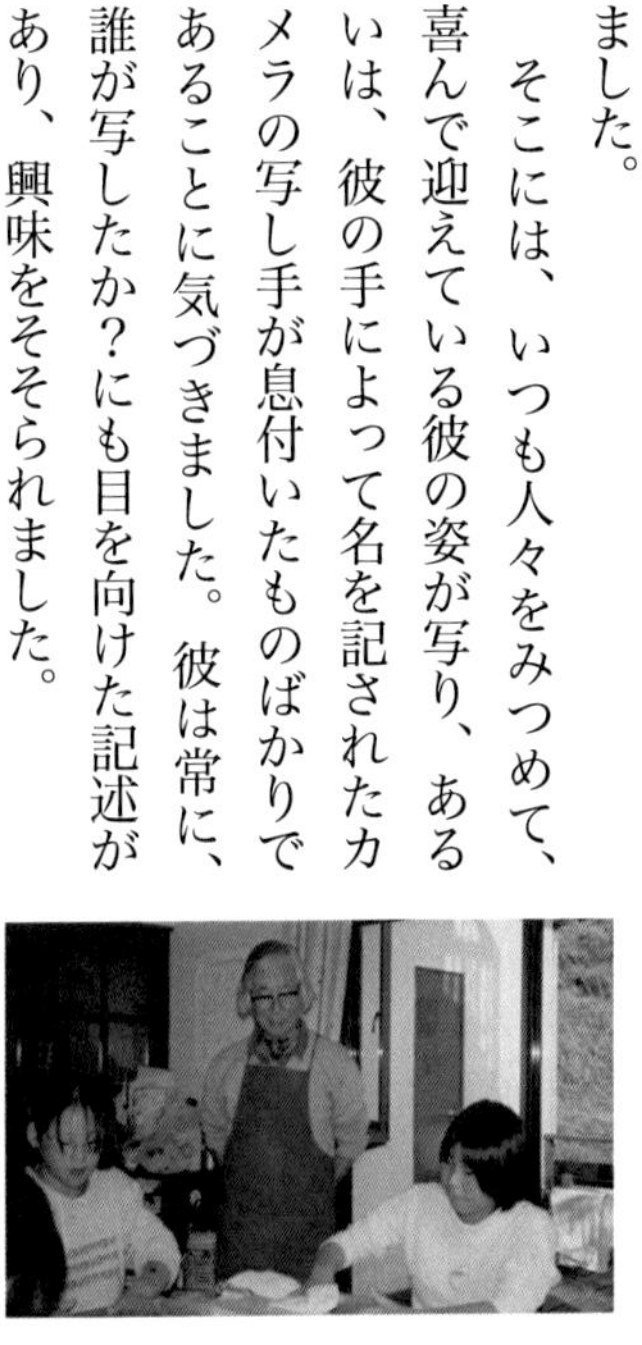

名栗小生徒に作陶指導
水光庵　　平成 10 年

平成 22 年 11 月風のシンフォニーにて
右から長女松浦梨枝子、光二、憲子

暖かい眼差しには、彼が家族、父母との思い出を常に持たなかったゆえの憧れが無意識のうちにあったことが感じられます。最近、この著書を手掛けることで、気づかされたことでありました。

国内の仲間、老若男女、子供、知らない人々が、初めて来ることもありました。

皆が見渡せる場所にたたずみ、にこやかに見守る野瀬の姿も少なくありません。

小さな赤ちゃんを抱っこさせられ、ぎこちなく、真っ赤に顔を紅潮させている被写体の姿は、痛ましさを誘われもしました。幼い子供は、オジイチャンに抱っこされて、すっかり孫のようにみえていました。

紛れこんだ仔猫は、いつの間にか家族の一員、自分で飼ったことのないペットが可愛いものだと抱く姿も、ぎこちなく、まんざらでもなく喜んでいます。私が写しとりました。

彼はひと言で申せば、真から「やさしい性格」の持ち主でした。私は、この本をまとめる為に集めたものによって、それをはっきりと認識できたことが、この仕事の最大の発見であったと考えています。秘書として仕えた二人の師の残された家族の行く末までを成り行く所まで見届けました。「遺」を整えて恩義に対する「報い」を果たす仕事も黙して負担を感じさせずに、ある意味、自己犠牲もいとわなかったのだという事など、客観的に見えてくるものも少なくありませんでした。

私は思う。私も含めて、私から一番最初にして最後、拍手をもってフィナーレを飾っても良いのではないか。

本当に有難うございました、と。

私たちの結婚式の席で牧野先生の弟様が土下座をして「ありがとうございました」と挨拶して下さった意味を私は、かみしめることができたのでした。

桜が散るように

私には出来過ぎた野瀬であったと言って、はばかりません。二〇〇四（平成十六）年十二月を期に彼は体力の限界を感じて七十七歳ですべてを閉じ、ここ花小金井の六十平米足らずのマンションに荷物をひとまとめにして引き上げました。二〇一〇（平成二十二）年花小金井駅近くの「風のシンフォニー」という会場にてコレクションとそれまでの創作品の展覧会を催しました。八十三歳になっていました。それからは、花小金井公民館主催の結社「初音」の俳句会に所属しました。それが最後となりました。

彼は常に申しておりました。名栗での十七年間の数々の活動と、桃源郷さながらの自然の中での幸運は素晴らしい人生であった、と。今考えても思い残す事のない一生であったと繰り返し申しておりました。

二〇一八（平成三〇）年三月、桜満開になり例年にない穏やかな天候に恵まれた二十七日、徳洲会病院に入院、一〇二日目に天に旅立って行きました。眠るようなおだやかなお顔でありました。九十一歳十一ヶ月の人生を全う致しました。

家の用事があり、おそくなって戻った所で、担当の看護士さんから電話が入り、すぐに駆けつけたけれど、一寸のところで息を引き取るのには間に合いませんでした。

午前十二時すぎ医師の確認があり、そのあたりから降り出した雨が、やたらとはげしさを増してきました。晴れ男が自慢の野瀬！でありましたのに。

風鈴の音の涼しき夏の頃　　　　（辞世の句になりました。野瀬光二　九十一歳十一か月）

二〇二二（令和四）年　思い出すまま記す。

野瀬光二略年譜

一九二六（大正十五）年　0歳

八月七日、長野県飯田上荒町に生れる。本名　野瀬光市　兄弟はなく「ひとりっ子」として育つ。野瀬家は楠木正成一族に端を発している。

父里士は伊那銀行の行員。母婦美　生家山田家通称「本家」と呼ばれ自作農家。農家の七十％が小作農であった時代、近隣から尊敬を受けた村長（むらおさ）であった。

一九三八（昭和十三）年七月二九日

母脊椎カリエスにより逝去（享年三八歳）

一九三九（昭和十四）年　十三歳

市田尋常小学校卒業後、県立飯田商業学校（現長姫高校）へ入学。

同年十月二十四日　父、逝去（享年三八歳）。中学を退学し、父に代わり十月一日より伊那銀行飯田支店に社員として自ら働き始める。残された老いた祖母を抱えての行動は、地元の信毎新聞に「祖母を抱えて健気な少年」という記事になった。

一九四〇（昭和十五）年　十四歳

東京の父の弟に引き取られ祖母を連れ上京。叔父の経営する金物問屋で丁稚として働き、生活の基礎を築いた。日本大学商学部に入学するも、その後大学を仮卒業し、兵役のため学徒横須賀海軍気象部気象隊に志願した。（一部分に兵役のため、殺戮を逃れることができるのではないかとの思惑があった。）海軍気象部の気象官養成所で半年間訓練。

一九四四（昭和十九）年　十八歳

詩集『野瀬光市詩歌集』として小冊子にまとめる。

一九四五（昭和二十）年　十九歳

終戦により長野県飯田市市田、母の実家に身を寄せる。東京上野の叔父の家も店も焼け出され、東京全体が焼け野原と化していた。農業を手伝い、かたわら飯田市郊外の政府直轄の土木所に経理として働き口が見つかり会計係を担当した。かたわら、飯田市にあった日夏耿之介、森田草平、岸田國士らの文化サークル「静和会」の手伝いをした。

一九四六（昭和二一）年　二十歳

夏、上京。台東区鳥越にある映画館の映画技師宅玄関脇を間借り。文筆生活が始まる。カストリ雑誌の雑文書き。うねび書房入社。『性文化』『犯罪実話』など。倒産。野瀬皎一郎の名で昭和二一年一一月に雑誌「新詩人」に「個性と表現」を書く。此処で原稿依頼により牧野吉晴氏と出会う。後に秘書となる。

一九四八（昭和二三）年　二十二歳

目黒区碑文谷に一軒家を借りて住む。

一九四九（昭和二四）年　二十三歳

牧野吉晴氏に原稿依頼で西秋留へ通う。

一九五一（昭和二六）年　二十五歳

創立後間もない桃園書房に入社。後に色川武大が部下となり出会いがある。後「小説倶楽部」「小説読物」の初代編集長となる。昭和二六年退社。作家を志して牧野吉晴門に入り秘書となり仕事を手伝う。同門に伊藤桂一、尾崎秀樹、胡桃沢耕史、寺内大吉等多数の作家と交流はじまる。少年少女向け作品多数発表。「譚海」「日本文芸」「冒険王」「運河」「オール読物」などへ『とて馬車爺さん』『町は夕焼』他多数。

一九五三（昭和二八）年　二十七歳

桃園書房「小説倶楽部」で社運取り戻す。野瀬も乞われて復職。板橋区中台に転居。

一九五七（昭和三二）年　三十一歳

暮に斃（たお）れた牧野吉晴没。その遺作管理に当り連載中断の小説の続編を執筆して東京文芸社より『海の悪太郎』『魔の誘い』などを加筆・完成出版。

一九五八（昭和三三）年　三十二歳

八月、「大世界」に「師の霊は生きている』を発表。牧野氏の特殊能力についての話は異色。富田常雄他にも仕事上の性質から、浅野晃、中谷孝雄、平林英子、萩原洋子等文芸作家との知遇多。東京文芸社が刊行した『富田常雄選集』の編集に参画したことから富田常雄の知遇を得て請われて同氏の秘書となる。（以来十年間同氏の秘書を務める）

一九六三（昭和三八）年　三十七歳

山陽新聞、東奥日報他、地方新聞に子供向けの時代小説『折り鶴剣士』二百回連載。

一九六七（昭和四二）年　四十一歳

富田常雄逝去。

一九七四（昭和四九）年　四十八歳

富田氏の長男の不動産管理会社に招かれ相談役に就任。場違いの経営にストレスが溜まり、文筆も思うようにならず、ストレス解消のために陶芸を始める。初めは芸大出身の若い作陶家前田正博氏に基礎を学び、普通十数年で学ぶところ、短期間で体得した。その後半年ほど近くの東武練馬に新しく出来た陶芸教室の助手などしていたが、ついに趣味が嵩じて板橋区常盤台のマンションの屋上に「天守窯」なる窯場を築き、毎年一回新宿の柿傳ギャラリーで定期的に作陶展。（二十回）美術陶磁評論家大河内風船子に師事。陶芸作家辞典、茶の湯茶碗図鑑（光芸出版）その他作品掲載多数。

一九八四（昭和五九）年　五十六歳

二月十五日　上野憲子と結婚。

一九八五（昭和六〇）年　五十八歳

ローマカトリックに入信（板橋カトリック教会にて受洗。教会報月刊誌に連続エッセイ「名栗村から」を寄稿。

一九八六（昭和六一）年

「徳間文庫」うねび書房・時代小説文庫」の解説など随時執筆を継続。「小説現代」新人賞応募者原稿選考委員。富田作品の著作各作品の映画化、テレビNHK大河ドラマ等　黒澤明監督によりヒットが続き解説、時代考証他を担当。大衆文学研究会会員。富田常雄・牧野吉晴著作権管理者となる。

一九八七年（昭和六二）年　六十一歳

埼玉県入間郡名栗村に三月三日に転入。六月に転居。窯を移築。「天守窯」を「天主窯」と改名。俳句結社へ参加。俳人大西八洲雄氏に師事。十一月　名栗村教育委員会主催の文化講演会で講演。（たらなあ談義）

一九九一（平成三）年八月　六十五歳

会社を定年退職。焼物作り。作品は信楽、常滑（陶土を用い焼く）が主流。日本児童文芸家協会会員。日本陶磁協会会員。

一九九三（平成五）年　六十七歳

埼玉県飯能市で活躍していた作家田中順三氏と会合し、これをきっかけにして中谷孝雄氏主宰の俳誌「鈴」同人となる。「はぐれ螢」の句は中谷氏より高評価を受ける、色紙を頂く。俳句に自信を深めた出来事である。

二〇〇七（平成十九）年　八十一歳
大衆文学研究会月例報告「富田常雄と牧野吉晴　二人の作家の秘書の頃の思い出」を講演。

二〇一〇（平成二二）年　八十四歳
小平・花小金井南町にて作品展「風のシンフォニー」開催。

二〇一八（平成三十）年　七月六日
帰天　九一歳十一か月

あとがき

野瀬光二の遺稿を四年半余りの末、ようやくここに纏めることができました。この出版には、色々な偶然が奇跡のように続きました。

まず、岩瀬千津子様です。昨年十月ごろ、同じ教会員の岩瀬様に、教会からの帰り道で、出版が滞っている悩みを告白したのでした。岩瀬様は「良い編集者に会うことです。それが一番大切なことなのです」と即答されました。それを聞いた時、私は肩をぽんと押されでもしたような気がしたのでした。

その後岩瀬様は転居され、それに伴って調布教会へ出入りされるようになりましたが、この教会はドン・ボスコに保護をうけ、チマッティ司祭の記念墓地の資料館も併設されています。チマッティ司祭の祥月命日（十月六日）と野瀬が亡くなった七月六日とは、同じ六日が命日です。毎月六日にはミサが挙げられていることが分り、全てが導きであると直感しました。

岩瀬様と私は出来る限りこのミサにあずかり、祈りました。そして私はさっそく司祭ゆかりの出版社ドン・ボスコ社に出版 - 依頼の電話をしたのでした。

ドン・ボスコ社では自費出版は行っていませんでしたが、電話で応対してくださった金澤康子様は、なんと私と同じ小金井教会に所属しておられました。そして金澤様が、自費出版をするのならと、明眸社の編集者の市原賤香様との邂逅をプロデュースして下さったのです。

この経緯の全てはチマッティ司祭の墓前での必死の祈りが聞き届けられたのだと思いました。岩瀬様には校正も担って頂き最後までお世話になりました。

出版に当り、カバーの挿画を受け持って下さった石橋暢之様（八戸在住、国展など受賞数多）、ボールペン一本による繊細な白黒の濃淡は螢の出没する藪や水の流れや音を想像させてくれます。快く挿画を引き受けて下さり、心から御礼を申しあげます。

山田博章様には資料のご提供と、日夏耿之助記念館をお暑い中訪れて取材までして頂き心から御礼申し上げます。

野瀬栄吉様、加藤直樹様には突然のお願いにも関わらずお力を貸して頂き、感謝しております。

名栗（飯能市）の小澤紫水様御遺族、豊子様には、栗の実俳句会の資料提供を快く引き受けていただきました。心からお礼申し上げます。

装幀デザイナーの花山周子様には、打ち合わせでお目に掛かった時から豊かな感性と経験に基づく実力とを感じておりました。このように美しく仕上げて下さり、まことに有難うございました。

複雑で煩雑な、厖大な資料を悩みながらも短期・一年足らず（四年かかっても前進しなかったもの）で、編集し、形よく、『はぐれ螢』を完成して下さいました市原様はじめ明眸社スタッフの皆様、まことに有り難く感謝申しあげます。

改めて皆々様に心からの御礼を申し上げる次第でございます。

野瀬憲子

二〇二二年十月十五日

はぐれ螢

発行日　二〇二三年二月十五日　初版発行

著　者——野瀬光二
編　者——野瀬憲子
〒一八七—〇〇〇三
東京都小平市花小金井南町二—一八—三—三〇九

装　幀——花山周子
装　画——石橋暢之
発行者——市原賤香
印刷所——有限会社ニシダ印刷製本
発行所——明眸社
〒一八四—〇〇〇二 東京都小金井市梶野町一—四—四
電話　〇四二二—五五—四七六七
https://meibousha.com

Copyright©Noriko Nose